# 午 后

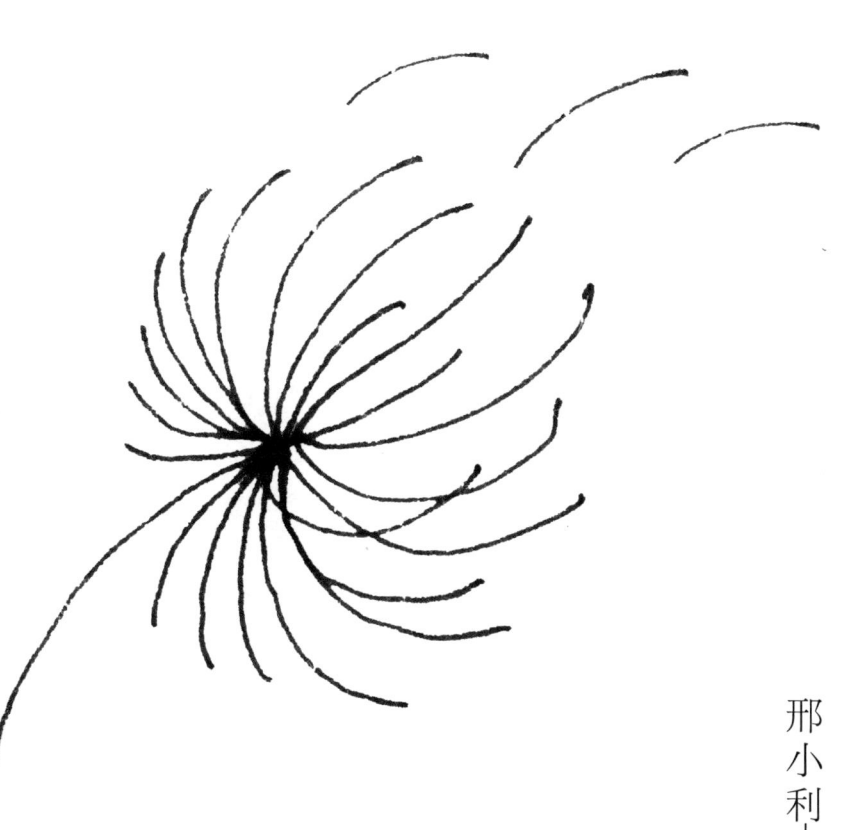

邢小利——

著

上海文艺出版社

# 第 一 章

　　早上起来,按习惯,南柯先是开窗,换换新鲜空气。走到窗前,他一时呆住了,窗外大雾弥天!这么浓的雾,他感觉还是第一回见。如水,如乳,水似的流动着,乳样的浓稠,水乳交融的雾。打开窗,雾气如水浪一样涌入。南柯感到一股逼人的寒气。

　　南柯住十二楼。从十二楼往下看,白茫茫一片。前边几座二十层高的楼,如今只能隐隐看见最近的一座,众楼处在虚无缥缈间,海市蜃楼一般。

　　南柯在窗前站了许久。看雾。

　　城里居然有如此深浓的雾,真让人惊异。恍惚间,南柯觉得眼前的景象很不真实。像梦,抑或像意识深处的某个谜团?

　　呆了一会儿,南柯回到客厅坐下,喝了一杯白开水。

他打开CD音响，放了一张他百听不厌的古琴与箫合奏的碟《云水吟》。古琴声先响起，他知道，这首曲子是《寒山僧踪》。南柯觉得心境是寂寥的，这种心境，与这一年将尽的时刻、与这浓雾的冬天，颇为相宜。他又顺手拿起一本《元前陶渊明接受史》，读了几页，又放下了。南柯觉得自己心境寂寥却颇不宁静，他不知这是为什么。他是很喜欢陶渊明的，曾说中国人里边自己最喜欢的是陶渊明，每次读陶或关于陶的书，他都能读进去，而且会静下心来，这次却没能读下去。这是怎么回事？南柯问自己，却找不到答案。

中午时分，座机响了，南柯接起，对方是一位女性。对方说："我找南老师。"南柯说："我是。"对方说："你能听出我是谁吗？"南柯沉吟了一下，说："一时听不出来。"这是他的习惯，说听不出来有些生硬，让人不好接受，就说"一时"听不出来。对方说："我是如忆。"

南柯吃了一惊。这是他没有想到的。

如忆是南柯曾经深爱过的一个学生。他们之间有一段长长的故事。

两人在电话里互相问了一些情况。如忆说，她接连两次在南二环碰见他，他每次都是边走边打电话。她说她是坐在公交车上看见的。南柯笑着问："还能认出来吗?"他说的意思是,老师已老;当然这话细想也包含其他一些意思。如忆没有回答,把话题岔开了。南柯问她现在哪里?如忆说:"在香雪园广商银行工作。"南柯说:"香雪园啊,我就在你对面,唐园。"南柯问她怎么知道他现在的电话?如忆说,她打他单位的电话问出来的。如忆说:"你还记得你当年给了我一张名片吗?"南柯说:"那是哪一年的事了?"如忆说是一九九四年。南柯想了想说:"八年了啊。"他心想,八年了,她还保存着他给她的名片,可见她是一直记着他的。南柯说:"我给你说我的手机号码。"如忆记下后,又把她的手机号码说给了南柯。

放下电话,南柯坐在沙发上,几个小时思绪都很悠远。思绪悠远,这是过去很长一段时间所没有的。

他想起一个月前,有一次他和几个朋友在竹里馆喝茶,他说近两年感觉麻木,思维迟钝,这表现在研究和写作上,也表现在对生活和女人的感受上。他举例说,过去总能发现很漂亮、很动人的女人,现在则是看不到了,也感受不到了。他觉得可能是身体出了什么毛病,想查查血脂什么的,看是不是血脂高或其他病因引起的。当时在座的有齐文晋、柴一才、牙生华,齐文晋说,这是因为你没有爱情的缘故。南柯想了想,觉得这话一针见血,很有道理。他说,很有可能是这样的。又说，但爱情并不是想有就有的，爱是一种可遇不可求的东西啊。

现在，一个电话就使他想了很多、很远，几个小时思绪翻滚，可见齐文晋说的确实有道理。

星期五晚上，齐文晋打来电话，问南柯明天有没有事？南柯说没有什么要紧事。齐文晋说，那就去你老家，把我们送给你的匾挂起来，再举行个简单的仪式。南柯笑着说行。

南柯的老家在长宁县江村。十年前他在家乡盖了一院房，背倚少陵原，面向终南山。这多年来，每逢节假日或闲来无事，南柯就回乡下住。十年经营，小院已很有情趣，虽在北方，却颇有江南庭院的格调。院中有一个鱼池，三十余平方米，养了数百条锦鲤，还有少许金鱼，池中间是一木桥。院子西边，竹林与棕榈之间，半隐半现一座水锈石堆成的景山。院子东南，散植碧桃、牡丹、金桂、红梅，四季花香不断。南柯住乡下时，由于离城不远，朋友们常来闲坐清谈。齐文晋、柴一才是常客，有一天两人提议，给南柯这乡间居处送上一匾，说请名人题字，南柯大言不惭地说，请什么名人啊，我题吧，那些名人的字我都看不上。南柯就题了"南山居"三字，署名南柯，盖上"江村散人"的闲章，给了柴一才。柴一才去城里找了一家制匾作坊,做了一个棕底蓝字的匾。那匾柴一才已经取回,放在八里村他的时尚饮品店里。

次日中午快近十二点时,南柯给齐文晋打电话,问今天的事怎么安排?齐文晋说,下午三点出发好了,柴一才和他中午都有一点事,办完事大约就到三点了。齐文晋又说,他还叫了河西艺术学院民乐系两个女学生一起去。南柯说好啊,又问今天都有谁去?齐文晋说他和柴一才、两个女学生。南柯算了一下,说连我一共五个人,一辆小车坐不下,需要再弄一辆车。柴一才原来说他解决车的问题,他有办法弄到两辆小车,可是到现在一辆都没有落实。南柯对齐文晋说,我叫上牙生华吧,他最近买了一辆车。齐文晋说行,但还差一辆车,看柴一才能不能解决。

牙生华年近五十,比南柯年龄大,是南柯不远不近的一个朋友。他原来在《长安晚报》做编辑,兼做一点广告策划,后来索性辞去编辑工作,自己办了一间公司,叫鸿图广告策划公司,做起了老板,利用原来的关系,拉广告、搞策划,收入可观,三个月前买了一辆上海产的"波罗"。南柯就给牙生华打电话,牙生华是一个爱玩的人,南柯又给他帮过一些忙,南柯一叫,欣然答应。

南柯出门叫了一辆出租车，到牙生华楼下，牙生华下来，开了他的红"波罗"，两人一起到北方大学门前的怡人餐厅，给齐文晋打电话，叫他来共进午餐。一会儿齐文晋来了，三人简单吃了一点饭，齐文晋让南柯和牙生华先去时尚饮品店，他一会儿叫两个学生也去饮品店会合。南柯问他和柴一才什么时候来？齐文晋说他去河西艺术学院跟教务长说个事，很快也去饮品店，柴一才现在可能就在饮品店里。齐文晋是北方大学中文系的中国古代文学副教授，跟南柯是研究生同学，由于北方大学与河西艺术学院是对门，河西艺术学院缺文学方面的教师，就聘请齐文晋做兼职教师，讲授美学。

南柯和牙生华到了时尚饮品店，柴一才不在。两人上到二楼坐下，南柯要了一杯白开水，牙生华要了一杯咖啡。一杯咖啡喝完，牙生华说他昨晚打了大半夜麻将，还有点困，南柯就让他先躺在长椅上眯一会儿，牙生华就躺下了。两点过一点儿的时候，南柯打电话给齐文晋，问他事情办完没有？齐文晋说还要稍等一会儿，他正跟艺院教务长谈下学期的课，接着又小声问两个女生到了没有？南柯说没有见。齐文晋说，和她们说好了到饮品店的，应该快到了。南柯说那我下去看看。南柯下了楼，正好看见有两个姑娘进门，他就问："是找柴老板吧？"柴一才是这里的老板，齐文晋让学生来无疑是让找老板的。两个姑娘互相看了看,一个说:"是的。"南柯说跟我来吧,就领二人上楼。这个时候饮品店的客人不多,楼上很空。南柯请两位学生坐下,就有侍应来招呼,南柯问她们喝什么,两个学生问了各种饮料的名字,最后选定各要一杯猕猴桃汁。南柯坐下后说:"我姓南名柯,南柯一梦的那个南柯,是你们齐老师的朋友,他让我招呼你们。"两位学生笑了,又问齐老师什么时候来,南柯说很快就来。

正说着话,柴一才给南柯打来一个电话,说他现在南大街,事情已经办完,马上就到。南柯问他另一辆车落实没有?柴一才说正在落实,南柯说我再联系一辆吧,柴一才说也行,他那边如果落实了马上就给南柯回话。

南柯手机上记着一个租车人的名字,叫陈红,他打电话问陈红现在能不能开车过来,陈红说她还在东郊,过来需要一个小时,南柯说行。南柯只见过陈红一面,那是一个下雨天,他带女儿在街上等出租车,等了半天没等到,忽然一辆蓝色捷达车停在他身边,这车一看不是出租车,南柯不明所以,女司机探头问他坐不坐车,南柯就坐上了。车上还有一个年轻姑娘。南柯笑着问,你们是不是打麻将缺腿子?姑娘说,缺腿子也不能在街上随便拉一个啊!南柯说事情急了也是可以的。女司机说,下雨,她们没有事,在街上闲转,见他等车就停下了。南柯说他遇上雷锋同志了。下车时女司机给了他一张名片,南柯才知道她叫陈红,是一个租车者。南柯要付钱,陈红也不客气。南柯问怎么付?陈红说你平常坐出租车是多少钱就给多少钱,南柯给了十二元,陈红笑着说差不多是这个价。那一天雨很大,陈红只顾开车,南柯也有心事,没有顾上看陈红长得如何,付钱时陈红笑着回过了头,南柯匆匆一瞥,觉得好像还不错。此后南柯一直想找个机会,租一下陈红的车,一来方便,二来也可以再见见陈红。他觉得今天就是一个机会。

南柯看两个学生,一个圆脸,丰满一些;一个瓜子脸,很瘦,显得很单薄。问名字,圆脸说叫柳晴,瓜子脸说叫兰湘婷。南柯觉得两个学生长得都不是很出众,但也都耐看。瘦学生眉心有一颗小小的痣,眼睛幽幽的,显得很聪明。南柯看她喝果汁,发现她的嘴很漂亮,弯曲有致,牙很整齐,也很白,不觉就多看了她几眼。南柯问:"你们学什么专业?"兰湘婷说:"我们俩都是学古筝的。"兰湘婷说话带有浓重的南方口音,南柯问她是哪里人,兰湘婷说是湖南岳阳,又问柳晴,柳晴说是兰州人。

正说着话,柴一才和齐文晋一前一后都来了。牙生华也起来了。柴一才说车已经联系好了,但要他去开。

南柯就给陈红打电话,说:"对不起,我们马上要走,你不用过来了,晚上我请你一起吃饭。"

出门时,南柯坚持要付账,柴一才阻止,南柯说:"不能老是这样,要给我一个表现的机会么。"柴一才笑着就不挡了。

出了门,柴一才说他和齐文晋到朋友那里去开车,让南柯和两个学生乘牙生华的车先走。

牙生华开车很慢,南柯就对两个学生说:"你们猜猜这位司机驾龄多长?"柳晴摇头,兰湘婷说:"估计不会很长。"南柯说:"三个月。所以他现在开车这么慢。"开到半路,柳晴说她有点晕车,兰湘婷就说停一下车吧,透透空气。车停下了,几个人都下了车,柳晴脸色有点发白,很难受的样子。牙生华在旁边抽烟,兰湘婷小声对南柯说,主要是这车开得不怎么样,一摇一晃的,不然柳晴也不会晕车。南柯说,坚持一会儿,马上就到了。兰湘婷说,感觉挺远的。南柯说,其实不远,离城只有二十公里,是车太慢,所以感觉路远。这时候,南柯的手机响了,是齐文晋打来的电话,说他们已经到了。南柯说,他们什么时候跑到我们前边去了,快走吧。几个人又上车,不一会儿,就到了南柯老家门前。

南柯开门,请大家进去。鱼池里结了很厚的冰,院子里的桂树、黄杨、竹子虽然还是绿的，但总的感觉还是一片萧瑟。兰湘婷问，这水里有鱼吗？南柯说有，两百多条呢。柳晴问，冻不死吗？南柯说，冰下很暖和的，水又深，冻不死。进了屋，南柯打开东边房子的柜机空调，让大家都坐在东屋里。其他人看来还都不那么怕冷，只有兰湘婷似乎冻得受不了，蜷着身子，缩在沙发上一动不动。南柯去接水，水管已经冻住了，又去隔壁院子借了一壶开水。隔壁是南柯父亲和弟弟一家。弟弟又给南柯提来一桶从井里打的水。南柯给各人泡了一杯茶。屋里也渐渐暖了。齐文晋说他们要打牌玩，南柯就取了一副扑克，说你们先玩，我去叫人挂匾。南柯叫来村里电工给门头墙上打眼、钉钉子，弟弟帮忙，匾很快就挂好了。齐文晋和两个学生在玩"挖坑"，柴一才和牙生华没有玩，在旁边看。听说匾挂好了，柴一才叫大家都到门口，他从车上拿出一挂刚买的鞭炮，放了起来。一时间，鞭炮噼里啪啦响了起来，烟气弥漫在冬日的黄昏里，引来几个乡下小孩子观看，倒也有一点气氛。冬天黑得早，天又阴，五点的时候，天色已经很暗了。南柯说，挂匾仪式举行完了，感谢各位，现在咱们还是回城吃饭吧，吃罢饭在城里玩，这里吃饭不方便，也太冷。众人同意。于是又准备回城。

刚出门，南柯一个做生意的朋友汪文海开车来了，他说接到柴一才电话,也来参加挂匾仪式。看到大家已经准备回城,他进了院子,远处近处仔细端详挂好的匾,连声说南柯的字漂亮,然后就匆匆先走了。

回去的时候,齐文晋小声对南柯说,柳晴晕车,就坐柴一才开的车吧。南柯说好,让兰湘婷也跟上他们一起走。南柯让柴一才把车开到长安美术学院旁边的荞麦园饭庄,那是一家陕北饭馆,柴一才几个就先走了。

南柯坐牙生华的车回城。路上,他给陈红打电话,想叫她来一起吃饭,他说过要请她吃饭,要言而有信。但一直打不通。南柯想那就算了。

南柯到了荞麦园,齐文晋几个早已坐在了二楼三十里铺包间,正喝茶说闲话。南柯进去,齐文晋就让他点菜,南柯就点了几样菜。南柯与荞麦园老板认识,老板姓乔,是一个精明能干的陕北女人,有文化,人活泛,与文化界的人很熟。这个店是一个分店,才开张几个月,开张时,曾请南柯给店门顶上拟了一个广告语,南柯拟的是:米脂的婆姨绥德的汉,陕北的米酒荞麦园的饭。当时拟广告语的人很多,拟的广告语也很多,独南柯拟的受到一致称赞,后来就用了这个广告语。点菜时,乔老板进来了,跟南柯热情地打招呼,南柯说他们吃罢饭要在三楼茶秀喝茶,乔老板笑呵呵地说欢迎,说她马上就给上边打招呼,让给准备一个好包间。

饭吃到快结束时，兰湘婷说她要走了，她要赶到一个休闲会馆给人弹琴。下午去乡下时，兰湘婷就已经说了她晚上九点要去弹琴。看看已是八点四十分，剩下时间不多。南柯问能不能不去？兰湘婷说答应人家的不好推辞，南柯说，那我就和生华去送送吧。问在哪里？兰湘婷说在"小南京"。柳晴笑着说，她说话发音不对，不是"小南京"，是"小蓝鲸"。兰湘婷说："是，是，是小南京。"她还是把"蓝"说成"南"。大家都笑。南柯对齐文晋说，那你们三个先上三楼玩牌，我和生华去送湘婷。齐文晋问："那你们还来不来？"南柯说："当然来呀。"兰湘婷犹豫地说，她就不来了，因为弹完琴就到十点了，学校宿舍十一点半关门，晚了进不去。齐文晋看柳晴，柳晴说："你先来这儿吧，到时间我跟你一起回。这里离学校又不太远。"兰湘婷说那好吧。

南柯和兰湘婷坐在了汽车后排，平时他坐牙生华的车，都是坐前排的。牙生华问小蓝鲸在什么地方？兰湘婷说了半天说不清楚，说她平时只给出租车司机一说，任司机拉，不记路，而且她对长安也不熟。后来打电话给小蓝鲸，牙生华才问清是在万寿路。南柯说，在万寿路，那么远，赶快走。路上，南柯对牙生华说："湘婷弹完琴还要回来，路这么远，咱们干脆等她弹完，再接她回来。"牙生华说："听你的，你说咋办就咋办。"兰湘婷听了说："那要耽误你们玩了。"南柯说："没关系的。"南柯问她弹完琴后在什么地方等她，兰湘婷说外边冷，让他们就坐在茶馆里，要一杯开水就行，可以不花钱。兰湘婷就向他要手机号码，说完了可以给他打电话，南柯也向她要手机号码，说好联系。南柯记兰湘婷号码的时候，随意说了一句："我的手机上存了一百多个电话了。"兰湘婷说："那么多啊，那给我打电话就很难了。"南柯听了，笑了笑说："你若不烦我给你打，我会天天给你打的。"兰湘婷嘻嘻一笑。

到小蓝鲸门前，已经九点过十分，兰湘婷说她一会儿要多弹十分钟，就先进去了。南柯与牙生华随后进了休闲会馆，一进门就是一个台子，西式的，兰湘婷正在那里调琴。南柯就与牙生华坐在了窗口，离兰湘婷很近。侍者问他们要什么，他们说等人，侍者就给他们一人端上一杯白开水。兰湘婷弹了起来，南柯听出是《浏阳河》。一曲听罢，南柯感觉兰湘婷弹得还不错。两人离兰湘婷很近，牙生华说，换个地方坐吧，这里太近，会影响她弹琴的。南柯说，也好。两人就起身，来到里间一个屋子。南柯坐定向外看去，正好可以看到兰湘婷的侧影。她换了一身中式旗袍，红底带花，很专注地抚琴。南柯听出这是《枉凝眉》。这个小蓝鲸装修风格是中西结合，没有大场地，都是小隔间，一个隔间套一个隔间。也许是冬天,里边人很少,显得有些冷清。牙生华要了一杯咖啡,南柯要了一杯白开水。牙生华与年轻的女服务员搭讪着,南柯一边听牙生华无话找话地与服务员拉话,一边看兰湘婷弹琴。兰湘婷在灯影里若隐若现,南柯觉得她的装束、她的琴韵,都透着一种中国古典的气息,他觉得很亲切。

南柯大学专业是中国语言文学,研究生读的是中国古代文学,毕业后分到汉唐文化研究院,在唐代文学研究室工作。唐代文学研究室编了一本季刊叫《唐音》,南柯也兼做这本杂志的编辑。他年轻时迷恋过一阵西方文学,对西方文化特别是哲学也迷过很长一段时间,这主要是高中和大学阶段,后来随着年岁的增长,他的兴趣愈来愈回归本土文化,对中国传统文化、中国文人传统都深为着迷。他写过一本《唐传奇研究》,印了一千册。也许是因了心态的原因,他近年兴趣转向中国古代文人生活,遂开始研究王维,准备为王维写一本评传。由于有这样的文化背景和兴趣,南柯对具有中国传统文化人格的人都深有好感。兰湘婷一身中式装扮,弹着中国独有的古筝,这种深蕴中国传统文化气韵的情态,是南柯深自向往的。兰湘婷又弹了一首《渔舟唱晚》,接着是流行歌曲《小城故事》和《人生何处不相逢》。南柯觉得兰湘婷忽儿古典忽儿现代,比较随意。又一想,这个所谓的休闲会馆本是一个消费场所,来人闲杂,本不是很讲究的。

回去的路上,兰湘婷问南柯,她弹得怎么样?南柯说挺好的。兰湘婷就说,这里的筝不大好,她也没有很用心弹,只是胡乱弹着,应付一下,这个会馆也只要个气氛,并不讲究真正的效果。兰湘婷好像是解释似的,南柯说:"你弹得真不错,比我想象的要好。"兰湘婷嘻嘻一笑。

回到荞麦园,齐文晋三人正在一个很大的包间玩"挖坑",兴趣正浓。南柯坐下,柴一才说,你也来玩吧。南柯笑着说,你们都不是对手啊。牙生华老婆打来电话,牙生华对南柯说,要是没有什么事,他就先回去了。南柯说好,就送牙生华下楼。再回到包间,齐文晋说他和柳晴一方,柳晴打他参谋,柴一才说他和兰湘婷一方,兰湘婷打他参谋,要南柯自己一家,玩"挖坑"。"挖坑"是长安近年很流行的一种扑克玩法,与红桃四打法一样,只是由红桃四的四个人打变成三个人打,红桃四是打对家,两两一对,叫朋友打配合,"挖坑"则是一对二,留四张底牌,谁要底牌谁就单独挑战另两人。挖的人手上多了四张底牌,可能正好配上手上的缺牌,形成一手好牌,也可能挖上四张没用的牌,打乱了手中的好牌,使手中的牌变糟,所以称"挖坑"。南柯本来想和兰湘婷一家的，但见柴一才已经坐在兰湘婷身后，齐文晋也坐在了柳晴的身后，只剩下他孤家寡人，也就只好一对四了。南柯心里莫名其妙地有了一丝悲凉，却也有一种悲壮感。兰湘婷和柳晴以前都不会玩"挖坑"，柳晴刚刚学会，兰湘婷才接受了柴一才的传授，也不老练。南柯红桃四玩得很有年岁，"挖坑"久经沙场。齐文晋是个很少打牌的人，柴一才整天忙于经营，牌技不精，所以南柯不把齐文晋和柴一才放在眼里，决心打他们一个落花流水。

　　打牌很能见出一个人性格。齐文晋打牌很是保守，他一般不单挑，因而虽然输的多，却不是太多；柴一才稳中有冒险性，瞅准手中牌好就单挑，加上兰湘婷手气不错，差不多把把都揭好牌，所以赢多输少；南柯技术在四人之上，牌时好时坏，但他富于冒险，有时险中取胜，有时恃才逞能，只顾一时痛快，不能挖时也要挖，到了后来，只要柴一才想挖，他知道柴一才牌好，抢先就挖，结果一败涂地，所以忽输忽赢，大起大落。柴一才连连挖不着，很气，扭头看了他的牌说："你那样的烂牌居然还敢挖！"南柯呵呵笑着说："我就是为了不让你挖才挖的！你牌好怎么样？我敢跟你挑战！"

　　正打到热闹处，兰湘婷忽然说："都十二点过了，快回吧！"柳晴倒很镇定，说："已经晚了。"齐文晋看着她俩，问："那怎么办？"南柯说："怎么办？不回了呗。明天又是星期天，没有什么事。"兰湘婷就看着柳晴，南柯看出她们两人中柳晴是"领导"。柳晴说："回去还得敲半天门。看门的阿姨也会说。"柴一才说："那就不回了。"柳晴说："不回也行。"于是又开始打。南柯看到，柳晴跟齐文晋配合得很好，对齐文晋言听计从；兰湘婷到底跟柴一才是一家，虽然不赢钱，但把赢的红牌子算计得很认真，一点不让南柯。南柯偶尔想赖，也被兰湘婷识破，说他赖。不知过了多久，南柯看窗外，外面已经亮了。

几个人出门，走到一个小吃街，吃了一点早点，就各自散了。

分手等车时，齐文晋悄悄走到南柯身边，问他："你觉得这两个学生怎么样？"

南柯愣了一下："什么怎么样？"继而恍悟，笑了，说，"还不错吧。"

齐文晋又问："你喜欢哪一个？"

南柯不假思索地说："兰湘婷。"

齐文晋笑了："好，这下咱哥俩就不冲突了。"又补充说，"虽然柳晴比兰湘婷更漂亮些，但兰湘婷也很有特点。我觉得兰湘婷对你也有意思。"

南柯问："何以见得？"

齐文晋说："感觉。"

# 第 二 章

　　星期一早上，南柯正睡着，手机响了，接起一看，是蒙养正打来的。蒙养正是汉唐文化研究院的院长。南柯睡意全消，他叫了一声："蒙老师。"蒙养正给南柯说了两件事：一是南柯要的字已经写好，放在单位传达室南柯的信箱里；二是南柯编的《王维研究》他已看过，认为大体不错，个别需要改的文章他已提出具体意见，可通知作者修改，修改完后就可联系出版社出版。放下电话，南柯躺正身子，眼盯着头顶天花板上的灯，心想：蒙院长这人确实很好，他前天才求的字，隔天就写好了，要知道，蒙养正的字市面上的价格是三千元一幅啊。而且，第四届王维研究年会的论文，他是一个星期前才送给院长的，院长这么快就看完了，还对一些要修改的文章提出了具体意见。这种认真、负责的学风和态度今天确实是不多了。

蒙养正刚过了五十八岁生日。他是唐史专家,《唐音》的名誉主编,他的著作《大唐文化》在国内学术界颇有影响,得过国家图书奖;对文学也很有研究,是杜甫研究专家,其著《杜诗详解》被国家权威机构列为大学中文系学生必读书。他是蓝田华子冈人,家乡居处与王维的辋川别墅比邻,因而对王维也颇有研究,还是一位书法家,其字颇得大唐文化气象的涵养,雍容雅正而不失飘逸,又有深厚的书卷气,深受藏家喜爱,老百姓也喜欢,所以求字者甚众。南柯近来有一本文史随笔集《散淡的竹林》交由秦汉出版社出版,责任编辑孟齐向他要一幅蒙养正的字,他答应了。前天他打电话给蒙养正,说是出书要求人帮忙,想求字一幅送礼,由于是白索字,南柯有些不好意思。蒙养正一口答应,说:"就是写幅字么,很简单的。"

南柯起来,乘公交车到了单位。他的单位在大雁塔旁、曲江池边,原是民国时期一位有名绅士的宅第,占地二十八亩。这位绅士的文化渊源自然是中国传统文化,但他有两个儿子,当年一个留学英国,一个留学德国,所以家庭又有西方文化的背景。受这两种文化影响,这个绅士建于二十世纪三十年代的宅第,就是中西合璧风格:中式的整体格局,景山,湖水,各种名贵花木错落有致、散布其间，主院落是中式建筑，别院则是西式洋房。这里原是古城一景，当年很多游人游罢大雁塔，都要来这里参观一下。汉唐文化研究院是一个省级单位，成立于二十世纪八十年代初，当年选址时，筹建者考虑到这里距唐时的名胜风景大雁塔和曲江池很近，能借上大唐文化的光，加上这所宅第很有规模和气势，而且那位绅士的后人也都在新中国成立以后一一离世，没有产权纠纷，雁塔区文化局管着这个宅第，筹建者就找省上领导，由领导说话，很容易地就把这所宅第划拨给新成立的汉唐文化研究院作为办公场所。这个院落由于年代已久，很多地方年久失修，略显破败；九十年代又拆了一些中式建筑，建了一个新式的火柴盒样的办公楼，弄得这个地方不伦不类，也就没有人来参观了。

南柯到了单位，先到传达室拿了蒙养正给他的字，又看有没有他的信件。出了传达室，碰上党组书记沙翰臣，沙翰臣叫住他，说正好有事找他。南柯就随沙翰臣站在一棵松树下说话。沙翰臣说："院里近期要开一个落实中央关于弘扬民族文化精神的选题规划会，省上一位领导要来讲话，想请你联系研究院实际，给领导写一篇讲话稿。"说完，沙翰臣又笑着加了一句："稿费由院里按标准支付。"南柯一听有些头大，他沉吟了一下，问："什么时候要？"沙翰臣说："就这两三天吧，不超过三天,因为领导最后还要看一下。"南柯说:"不巧得很,我父亲病了,刚从乡下来,这几天我要陪他看看病。"他顿了一下又说:"要是缓上几天就好了。"沙翰臣关切地问:"你父亲什么病?不要紧吧?"南柯说:"可能不大要紧。他说他身上这儿疼那儿疼的,要检查检查。"沙翰臣说:"那你就赶紧给你父亲看病,看病要紧。"说着拧身走了。

望着沙翰臣大踏步远去的背影,南柯想:这下一定得罪他了。这已是他第三次拒绝沙翰臣给他派的活了。俗话说,事不过三,连续三次拒绝,沙翰臣一定知道这是他不愿意给他干,而不是这个理由那个理由。南柯其实就是不想给他干。一想到给领导写讲话稿或写什么狗屁文章,他就头疼,因为这种稿子或文章你得揣摩领导的意图写,并不由你发挥,话要说得冠冕堂皇,所谓官样文章,还要有点技巧、显点水平,真是难为人;二来他很厌恶这种差使,心想,我是专业人才,是搞研究的,不是什么狗屁文章都写的御用文人。其实,他早几年也给有关领导写过此类稿子,只是近年思想变了,用他的话说,是觉悟了,不愿再仰人鼻息写这种无用也无聊的文字游戏式的稿子了。南柯仰头看了一下松树的树冠,深深地呼吸了几口来自松叶间并带有松叶清香的空气,心里冷笑一声,走了。

单位最近正在调整各部门领导，南柯是中青年业务骨干，有专著，副高职称，在同行中间多少有些影响，人际关系也不错，很有可能再上一个台阶，当研究室主任或《唐音》主编。现在的主任兼着《唐音》主编，快六十岁了，面临退休。两个月前，几位大学同学在一起闲聊，说到他的情况，同学都劝他抓住这个机会，弄个主任或主编当当，作为他人生里程中一个"标志性"的东西。有个在大学教书的同学说：人的一生要树立许多标志，这个"标志"或是一本著作，或是一个职位，它都标志生命前进的里程，标志人生进入了不同于以往的境界；生命渐趋于无，而人则在不断进步。看南柯还在犹豫，有个当着一个不大不小的官的同学更是激励他说：你现在虽然也有了一本著作，可这本著作还不足以证明你作为一个学者的存在价值，也不是你的生命之作，你的生命之作也许还要等几年才能写出来，现在最能体现你生命进入一个新阶段的东西，就是当一个主任或主编。这个同学还告诫他，你已经不那么年轻了，再搭不上这趟车，以后就更没希望了。这个同学还以他在官场的经验为他出谋划策，教他如何才能稳稳当当戴上官帽。南柯当时听了，觉得同学的话也不无道理，但他并没有按同学的话去做。他心里其实明白，要想上去，就得紧跟沙翰臣走，因为只有沙翰臣掌握着全院人的升迁大权,不跟或不紧跟都不行。可自己能做到巴结逢迎吗?他问自己。回答是:显然不能。最近这几年,他对陶渊明越来越感兴趣,他喜欢陶渊明的诗,喜欢陶渊明的为人,觉得陶渊明的诗真是"此中有真意,欲辨已忘言",而陶渊明本人,则是一个纯粹的人,一个精神上完满而自足的人。他知道他受了陶渊明太多影响,或者说自己身上与陶渊明有太多相似的地方,主要就是:不愿为五斗米折腰,不愿巴结逢迎,"质性自然","违己交病","不慕荣利"。与陶渊明不同的是,他不喝酒,滴酒不沾,除了"性本爱丘山"外也爱美女。他心里冷笑:难道我南柯生命的价值和意义,必须靠一个外在的东西才能体现和证明吗?他想,如果是这样,那自己也就太悲哀了,活得也就没有多少价值和意义了。当然,他从同学的话中,也听出了他在人们心目中的地位,这就是比下有余而比上还很不足啊。

南柯刚过了不惑。四十岁那年,他已经把一些问题想得很清楚:不能为追逐金钱而活,不能为当一个什么官而活,无论这官大还是小,"名利于我如浮云",这是他坚定不移的信念。做学问,搞研究,甚至写一些随笔,这是他喜爱的,但他也觉得这一切的价值和意义不是很大。如何才能实现自己最大的人生价值和意义?向哪个方向努力?南柯是迷惑的。对这个问题,他还没有完全想清楚。

人生总是有一些想不清楚的问题。这是南柯的认识。

到了办公室，桌上厚厚一层土。南柯已经有几日没有来了。研究室不坐班，五六个人轮流值班。前年他搬到唐园住以后，更是来得少了。有时轮到他值班，他也不来，研究在家，看稿也在家。南柯打了一盆水，把桌椅擦净，然后坐下来，先看信件，后看报纸和杂志。报纸新闻，他最关心的是国际局势，最近他关注的焦点是美国打不打伊拉克？联合国核查人员仍然在伊核查，美国有两万七千名预备役准备转入现役，美国总统布什又发表了态度强硬的讲话。正看着，许梅打来电话，问他下午有没有事，他说没有什么要紧的事，许梅就请他下午三点到真爱唱歌。南柯问都有谁，许梅说都是文化人，两个《长安晚报》的编辑、一个作家，并报了名字，南柯基本认识，就说可以。南柯记得有位作家在报上写了一篇随笔，说吃饭其实是"吃人"的，意思是参加聚会吃饭，主要是看参加的人对路不对路，人对路了路远也要去，人不对路就是山珍海味也不愿意去。南柯想，岂止吃是这样，玩更是这样，玩也是"玩人"的。许梅是南柯的校友，也是中文系的，比南柯低两级，现在开着一家"春雨文化传播公司"，时常请一些文化人聚会。

南柯看看时间已到十二点，就出去到街上找饭吃。他走到研究院后面的一条小街上，看到有一个小吃摊在卖小米稀饭和馒头，菜有酸菜、生调红萝卜丝、凉拌土豆丝等，这正是他爱吃的。他就坐了下来，要了一碗稀饭、两个馒头、一盘酸菜、一盘红萝卜丝，很香地吃起来。正吃着，旁边有人叫了一声"爸"，南柯转头一看，是他女儿。他问女儿干什么，女儿说和她妈也出来吃饭。顺着女儿所指，南柯看到前妻在街上走着，向他这边看。他对女儿说，去吃饭吧。女儿就走了。南柯离婚已经几年了，女儿是跟他的，但他不会做饭，女儿刚读高中，不能浪费时间，还要营养好，他就让女儿与前妻一起住着，由前妻照管女儿，女儿只是节假日跟他聚一聚。刚喝了两口稀饭，女儿又来了，说她和她妈准备在前边一家饺子馆吃饺子，要他一起去吃。南柯笑着对女儿说："我已经快吃完了，你不用管我。"女儿依依不舍地又走了。吃罢饭，南柯想了想，找到那家饺子馆，坐到女儿身边。前妻笑着对他说："女儿说，我爸混背了，居然坐在街上吃饭。"南柯说："随便走，看到那一家小米稀饭很诱人，就吃了一点。"前妻说："你这样的身份，在街上吃不掉价？"南柯说："这掉什么价？难道一定要坐在饭馆、酒店里吃才不掉价？吃饭么，可口就行。"前妻笑笑不再说话。南柯跟女儿说了一会儿话，就说还有事便出来了。

看看表,才一点多。他想真爱也不远,散着步走过去吧。上到真爱四楼,才两点多一点。他给许梅打电话,说他到了。许梅说,你先要一个包间,要大一点的,先练练嗓子,想叫谁就再叫上谁,她随后就来。南柯就要了一个大包间。唱了一首歌,无人喝彩,他忽然觉得一个人确实孤单,就想再叫一个伴。一想起叫人,他立刻想到兰湘婷。兰湘婷学的是音乐,应该喜欢唱歌的。打通电话,南柯说,我在你们学校附近的真爱唱歌,想请你来。兰湘婷笑着说,她正要去上课,上完课再来。南柯问什么时候下课?兰湘婷说大约三点多。南柯告诉了她来真爱的路线和包间号。

三点的时候,许梅和几位朋友到了。南柯与他们都很熟,握了手,几个人就在包间里唱了起来。晚报的编辑一男一女,女的唱歌热情很高,唱了一首又一首,都是老歌。男编辑则只顾与作家说话,好像在商量什么事。南柯惦记着兰湘婷,不时拿出手机看一看。他唱了一首蒙古长调《辽阔的草原》,刚唱完,手机响了,拿起一看,是兰湘婷。南柯出了包间,在走廊上接听。兰湘婷说她已经到了真爱四楼,不知包间在哪里。南柯问清她还在门厅,就说:"你向里边直走,我在走廊上迎接你。"很快,他就看到了兰湘婷,稍令他意外的是,兰湘婷的身边还跟着柳晴。他心里想：这两人原来不拆伴啊。

进到包间，南柯给兰湘婷和柳晴各倒了一杯红酒，他端起一杯白开水，与她俩碰了碰，就请她们唱歌。柳晴先唱了一首流行歌曲，南柯觉得她唱得还不错，有点专业水平。让兰湘婷唱，兰湘婷看了半天歌单，说没有几首会唱的。南柯说那怎么可能，这不是学音乐的说的话。兰湘婷让他先唱，南柯又唱了一遍蒙古长调《辽阔的草原》，这是他比较喜爱的一首歌，唱完大家鼓掌。他又唱了一首蒙古长调《天边》，唱完，掌声更热烈。他坐到兰湘婷身边时，兰湘婷对他说："没想到你会唱这种歌，那种长调啊，很好听。"南柯笑笑说："我去过草原，特别喜欢草原上的歌，那个长调深沉辽远、百转千回，听起来简单，却情深意长。"兰湘婷说："真没有想到你唱歌唱得这么好！经常到歌厅唱吧？"南柯说："其实很少来歌厅的。"兰湘婷看着柳晴，嘻嘻一笑，表示不相信。兰湘婷也唱了两首，一首流行歌曲，一首粤语歌，南柯对她说："你的粤语歌唱得很不错。"

正唱着，作家要走，说五点还有点事要跟人谈，许梅就出去送。送回来时，她手里拿了一支红玫瑰，笑着走到南柯跟前，说是送给南柯表达心意。南柯知道许梅是开玩笑，接了玫瑰，又送给兰湘婷，说："我送给你，也表一下心意。"兰湘婷盯着南柯的脸,南柯注意到,兰湘婷的脸一下子红了。兰湘婷接过玫瑰,放在桌上。又唱了一会儿歌,兰湘婷对南柯说:"我们一会儿先走,因为七点半要上党课。你在这里玩。"南柯说:"不去不行吗?"柳晴也听见了,说:"别的课可以旷,党课不行。""那会怎么样?"南柯问。兰湘婷说:"影响入党啊。"六点的时候,兰湘婷说必须走了。南柯说他去送送。许梅说:"走什么啊?一会儿唱完大家吃个饭吧。"南柯解释说她们还要上课,让几个朋友先在这里玩,他一会儿再过来。

　　出了门,天上飘起了雪花。雪不大,一朵一朵的,悠悠地落下来。南柯觉得外面的空气很清新。兰湘婷让他回去,他说:"陪你们吃个饭吧,不吃饭不行。"南柯说他要给许梅打个电话,一摸口袋,没有手机,才想起忘在桌上了。兰湘婷说用她的,拿出来,却没有电了。柳晴就说用她的。南柯用柳晴的手机打自己的手机,许梅接了,南柯说:"我要过一会儿才能回去,你把我的手机拿上,你们如果要吃饭,去什么地方给我打这个电话。"许梅说等他回来再去吃饭。快到艺院门口时,兰湘婷说:"就在怡人餐厅吃吧,离学校近。"

　　进了怡人餐厅,里边人很多。三个人坐在一张桌旁,柳晴自觉地坐在离南柯稍远的地方,兰湘婷挨着南柯。

南柯让兰湘婷两人点菜："你们喜欢吃什么就点什么。"兰湘婷点了一盘虾，柳晴点了一盘蹄花，说这个美容，南柯点了一盘青菜。等菜的时候，兰湘婷问他："你不是党员吗？"南柯笑着说："还不是。不过也在党校学习过了。"兰湘婷问："是预备党员吗？"南柯说："也不是。目前阶段，准确的叫法应该叫入党积极分子吧。"南柯就说了他的入党情况："我喜欢自由自在，不喜欢开会，不愿受拘束，可我这样的，在单位居然还属于年轻人行列，单位党总支书记几次找我谈话，要我入党。今年春天的时候，总支书记又在路上碰上我，问我：下午总支要开会，谈入党的问题，你赶紧把入党申请书交了。我知道书记是好心，因为单位中层领导要调整，一把手不是党员是不行的。我就交了申请。夏天还参加了半个月的党校学习。考试时，我还在教室开玩笑说：这题怎么出得这么简单啊，应该出难一些的。同学们都笑。"兰湘婷和柳晴也笑了。

　　菜上得很慢，吃罢饭，已经七点半了。兰湘婷和柳晴匆匆走了。临走，兰湘婷说："九点课就完了，你们要是还在这附近玩，我们就再来。"

　　送走她们，南柯想起九点还要接女儿，女儿今天去西工大附中一个老师家补习，是第一次，他说好要去接的。再到真爱，许梅他们正准备走。南柯说他不能去吃饭了,他要接女儿。他到附中老师家的时候,正好九点。接了女儿,兰湘婷打来了电话,问他在什么地方,南柯迟疑了一下,说:"在西郊。"兰湘婷就说:"比较远吧,那我们就不去了吧?"南柯说:"也好。"

# 第 三 章

　　南柯早上起来，寻思今天干什么。单位是不想去了，秦汉出版社昨天去过了，蒙养正的书法已经送给孟齐，孟齐显得很高兴，答应给他办的事尽快办。没有什么要紧的事，他感到一阵轻松。他喜欢无事可干。热了一杯鲜奶，他站在窗前，向外面看。他的目光扫过香雪园时，想到了如忆。给如忆打个电话吧，看她今天有没有时间？他想。

　　电话打过去，如忆很高兴，说她十二点以后有时间，两人就约好，十二点在南二环上的桃园酒家见面。桃园酒家离唐园和香雪园都近，又与这两个地方都有一点距离，吃饭不会碰到熟人，是个很合适的地方。

　　南柯放了一张爱尔兰歌手恩雅的音乐碟，恩雅的歌常令他思绪悠远。

如忆是南柯当年在东门中学实习时认识的。那一年南柯大学即将毕业，他读的是长安师范学院，毕业实习分到东门中学实习，教中学语文。当时南柯二十五岁，代的是高一一班的课。实习授课只讲授两篇文章：一篇文言文，一篇现代白话文。实习期是三个月。如忆并不是南柯所代课班里的学生，如忆是二班的学生，当年十六岁。南柯那时很英俊，气质儒雅，又是班上的学习尖子，诸种因素合在一起，他的课虽然只有两堂，却很受欢迎，人也深得学生喜欢。由于是住校实习，南柯两个月时间几乎天天在学校，而如忆当年是住校生，南柯就在上千学生中发现了如忆。发现如忆，是因为如忆美丽，用南柯当年的感受说，美得惊心动魄。他代课的一班和二班是相邻的两个班，上课、下课，南柯总能看见如忆。除了星期日见不到，一日三餐，饭堂也天天见。傍晚校园里散步，两人也时时擦肩而过。

南柯实习的第一天，就发现了如忆。那是早自习下课以后，南柯随着一伙急不可耐往外冲的学生一起出了教室，他向花园一瞥，一棵丁香树下，站着正与同学说笑的如忆。南柯当时心里一惊，失神了好一会儿。直到同来实习的同学叫他，他才从深刻的迷茫中清醒过来。

自此，他的目光就常常在校园里有意无意地寻找，最后总会聚焦在如忆身上。如忆留短发，圆脸，一双眼睛不大却顾盼有神，脸上总是现出微笑的神情。她身段轻灵，行走轻盈，清纯大方而富有青春的魅力。可是在实习的两个月里，南柯并没有和如忆说过一句话。他只是在心里想着如忆，盼望着每天能看到她。

听了东门中学教师半个月的授课，南柯用一个星期备课，然后再用一个星期讲完两篇课文，顺利过关。接下来，就没有多少事了，他主要是听其他同学的实习课和随队教师的讲评。那时正是春天的三四月份，满校园的花都开了，花香四溢。在这醉人的花香中，南柯日复一日、日重一日地陷入对如忆的迷恋里。然而实习的纪律和为人师表的道德要求，始终紧紧地约束着南柯，使他不敢越雷池一步，他也没有任何可以接近如忆的机会。

五月底，实习结束了。临走前一天的晚上，南柯在床上辗转反侧了一夜。天亮后，他去教室，看见如忆正在一棵丁香树下背书。四围静悄悄的，学生们还没有来，老师也没有来。南柯鬼使神差地去早了，想不到如忆也早早地来了。有那么一刻，南柯恍惚间以为如忆是在等他。但他不敢过去。他只是站在离如忆不远的地方，来回走着，仿佛在思考什么问题。如忆也站在原处，不经意地来回走着，有时也抬起头，像在看花，也像在看云，当然，更像是在背书。

南柯昨晚其实已经在铺上写好了一封信，信很短，只是两句诗，但却明白无误地表达了他对如忆的爱恋。写完信，他暗自盼望能有像眼前的这样一个机会，使他能把这信当面交给如忆。可是这机会现在真的来了，他却犹豫起来，没有勇气把这信给她。等他下定决心要走近如忆的时候，耳旁听到了纷乱的脚步声，他知道，上自习的学生来了。

离开东门中学的两天两夜里，南柯一直迷迷糊糊地躺在学校宿舍的床上，陷入对如忆如痴如醉的思恋，不能自拔。第三天早上，他醒过来了，觉得如果不找如忆他就无法活下去。下午，天上刮着漫天的大黄风。南柯借了一辆自行车，顶着大风，到了东门中学。进了校门，他站在阅报栏前，思考怎样去找如忆。学校里一个人也没有。南柯只知道如忆在二班，却不知她的宿舍在何处。他就从二班教室外面过，也许是天意，恰好，二班窗户下边有块玻璃破了，正好可以看见教室里边有三个人，两个人背对着，一个人面对着窗户，这个面对窗户的正是如忆。南柯看见了如忆，如忆也看见了南柯。南柯深深吸了一口气，心想，总算再见到她了。但他依然不知道怎样去找如忆，如何去跟如忆说话。

南柯犹豫而茫然地来到了操场。操场很空旷，风卷起尘土，扬起又抛下。他回过头。这时，他看见如忆正向他走来。他感觉自己和如忆之间,一定有心灵感应。

南柯也向如忆走去。走近了,他站住,说:"你好。"如忆也站住了,说:"你怎么又来了?"南柯说:"我专门看你来了。"如忆低下头,脸上微笑着。南柯说:"走的时候,我给你写了两句话,忘了给你。"如忆抬起头,说:"是吗?"南柯从口袋里掏出那封早已写好的信,递给了如忆。

他在信中只写了两句似诗非诗的句子:

看见丁香花开,就会想起你;
听见百灵鸟叫,就会想起你……

如忆接过,没有看,装在了口袋里。
两个人就在大风中站着,互相望着。
过了一会儿,南柯说:"那我走了?"
如忆低下头。
"我走了?"南柯说。
很久,如忆轻轻地点了点头。
南柯就这样走了。那个所谓的信中,他还写着他的联系地址,他想让如忆给他写信。他想如忆能看懂。

半个月后,南柯没有收到如忆的信。他又去了一趟东门中学。同样是傍晚,只是没有风,在校园的路上,两个人相遇。如忆身边还有一个女同学,那同学看见南柯和如忆的神情,就走开了。南柯问:"为什么不给我写信呢?"如忆拧头看着身旁的一株丁香,没有回答。夜色渐渐浓起来。南柯不再问。两人缓缓地在小径上走着,都不说话。走到一丛怒放的牡丹前,南柯说:"我一直在等你的信。"如忆说:"我不知道该写些什么。"

再走到大路上时,南柯说:"我该回去了。我等你的信。"

如忆说:"你也可以给我写信的。信寄到我父亲单位,再转我。"

"这样行吗?"南柯迟疑地问。

如忆想了想,说:"那就还是寄学校吧。"

一个星期后,南柯收到如忆的一封信,信很短,上面说:她的学习很紧张。南柯给她去了一封信,信很长,写了他认识她的经过和内心感受。半个月后,如忆来了信,说:信读了,她很惶惑。南柯也很困惑,不知道该怎样对待如忆。就这样断断续续通了一段时间的信,藕断丝连,但两人的关系始终不明朗。

七月,南柯毕业了,他没有分到中学教书,而是被分到了刚刚成立不久的汉唐文化研究院,在唐代文学研究室工作。南柯能分到汉唐文化研究院,与他老师的推荐有很大关系。南柯在上大学期间,就在学报上发表了两篇研究唐传奇的论文,这两篇论文都是南柯的古代文学老师推荐发表的,而这位老师,由于在唐诗和唐传奇研究方面都有很深造诣,在当年六月就调到了汉唐文化研究院做唐代文学研究室主任。

毕业分配后,南柯给如忆写了几封信,如忆给他回了两封信:第一封信祝贺他分到了好单位;第二封信说她不读高中了,转入一家金融学校读中专。如忆没有告诉他这所金融中专的地址,南柯也就没有再给如忆写信。两个人的关系就这样断了。

两年后,在南柯快要渐渐淡忘如忆的时候,如忆给南柯寄来了一封信。这时南柯已经结婚近一年了。南柯收到信后,到如忆学校去了一趟,这所学校在外县,南柯在这个县的政府招待所住了两天。见到如忆,如忆说她很后悔,南柯问她后悔什么?如忆不回答。如忆说她失恋了,南柯说,那怎么可能?你是那么好。如忆怅惘地说,她已经不再相信爱情了。南柯不知该说什么好。如忆说她愿意再跟南柯保持联系,为的是从南柯那里多学点知识。南柯后来给她寄过一些书和杂志,她也给南柯写过几封信。两人的通信像朋友,也像师生,这使南柯很困惑。只是后来发生了一件事,使南柯不再跟如忆联系。如忆那个移情别恋的同学有一天忽然给南柯写来一封信,把南柯教训了一顿,也骂了一通。南柯尴尬的同时，觉得自己有一种被出卖的感觉。在这先前几天，如忆还给南柯来了一信，说想借一本唐诗鉴赏方面的书看，说南柯如果方便的话，可以到她家去。南柯当时看了如忆写的地址，觉得她家很近，本来准备去的，后来就没有去，唐诗鉴赏的书也没有借。

两人就此又断了。

四年以后，有一天中午，南柯与几位朋友准备到文艺路一家餐厅吃饭，行走间，偶然瞥见如忆正走进一家床上用品商品，她的身后还跟着一个年纪较大的女人。南柯叫了一声："如忆。"如忆站住了。两人在路边简单地说了几句话，南柯说他今天在附近开会，说着给了如忆一张名片。问如忆情况，如忆说她已从金融学校毕业，被分到西门广商银行工作。南柯看见跟着如忆的女人一直在向他们看，他就没有多说什么，与如忆分手了。南柯估计，那女人可能是如忆的母亲，如忆可能正准备结婚，来置办结婚用品。

后来，如忆没有跟南柯联系，南柯也没有找如忆。

岁月如流水，渐渐地，南柯似乎忘了如忆。只是在最初，在接到如忆同学辱骂信后的一段时间，南柯心潮难平，写了一篇散文，题为《此情可待成追忆》，回忆他与如忆相识的经过和心理感受，发表在一家叫《青春》的杂志上，算是一种了结。没想到八年以后，如忆还会给他打电话。八年时间，一场抗日战争都结束了，许多东西烟消云散，留下来的，会是什么？南柯不能确定如忆给他打电话的用意。

恩雅的音乐放完了，屋子里一时很静。很多年前，南柯第一次听恩雅的音乐，他看的是MTV，音乐带画面，其中一个场景给他触动很深，那是一个人在风雨交加中回家的情景，雨很大，风也很大，道路泥泞，一个人匆匆地赶路，走在归家的路上。此情此景，配上恩雅如诉的歌声，有一种特别打动人心的地方。后来，他每次听恩雅的歌，心中想的就是一个风雨交加中归家的情景。他觉得这其中有一种象征的意味，象征什么？他没有想明白，但总觉得有一种深意在。

看看表，已经十一点半了。南柯出门，走不远就到了桃园酒家。桃园酒家内部装修得像是世外桃源，一派乡村田园风光，古树森森，桃花灼灼，掩映着一座座青砖灰瓦的四合院民居，随处可见老戏台，带辘轳的井台，还有卖布卖筛子卖村酿的小卖店。南柯在二楼要了一个小包间。看看已到十二点，南柯到楼梯口等。没站一会儿，如忆就来了。上楼的时候，如忆抬头向南柯微微一笑，南柯也一笑。如忆胖了。

一见面，如忆说："变化很大吧？"

南柯说:"没有什么变化,还跟从前一样。"

进了包间,里边很热,两人都脱了大衣,在一张小桌前相对而坐。

如忆看着南柯笑,南柯问:"我变化很大吧?"

如忆说:"没有多少变化,就是有些胖了。"

南柯请如忆点菜,如忆让他点,他就点了两个菜一个汤。南柯不喝酒,问如忆,如忆也不喝,南柯就要了一瓶天山雪酸奶。侍者给他俩一人倒了一杯,南柯端起与如忆碰了碰。菜端上来了,侍者退出。

南柯一边请如忆吃菜,一边问她:"结婚了吧?"

如忆说:"结了,孩子都四岁了。"

"男孩女孩?"

"女孩。"

"女孩乖一些。"

"他在哪里工作?"南柯又问。

如忆笑笑:"给人打工呢。给一个私人企业跑营销。"

南柯说:"是你那个同学吗?金融学校的?"

如忆说:"不是。那个人很可笑!"如忆不愿多提那个同学,"他是后来认识的。"

"你那个同学后来给我写过一封信,把我教训了一顿,还骂了一通。他给你说了吧?"

"没有,我不知道写信的事。"

南柯说:"我还以为你知道的,所以后来也没有再跟你联系。"他似乎在解释什么。

沉默了一会儿,如忆问:"你什么时候搬到唐园的?"

南柯说:"两年了,两年前搬到这里的。"停了一下,他又说:"我一个人住这里。"

见如忆疑惑地看他,他解释说:"我离婚了。"他喝了一口汤,"孩子跟我。但还跟她妈在一起住,因为上学方便,也有人照顾她吃饭。"

如忆没有说什么。好像她也不好发表什么看法。

两个人就这样默默地吃着饭,气氛有些凝滞。南柯看如忆,如忆向他一笑,显得很温和。

南柯说:"我和她感情上一直处得不好。后来,她提出离婚,我让她再慎重考虑,她坚持,我也就同意了。"南柯是在叙说,也仿佛在解释。

如忆只是看着他,不说话。

"一会儿到我家看看吧。"南柯说。

"好。"如忆说。

吃完饭,两人就到了南柯家。

进了门,南柯带如忆参观了一下屋子。如忆说:"装修挺好的。"

南柯说:"按自己喜欢的布置了一下。"

南柯给如忆泡了一杯茶,请如忆坐在三人沙发上,他坐在旁边的单人沙发上。虽然是久别重逢,但南柯明显感到两个人是有距离的,所以一时无话。

沉默了一会儿,南柯说:"后来,我把咱们相识的经过和我的一些感受,写了一篇散文,还比较长,发表在一家叫《青春》的杂志上。"

如忆笑着看他,说:"是吗?"

南柯说:"要不要看一看?"

如忆点头,南柯就取出一本杂志,翻到《此情可待成追忆》那一页,递给如忆。如忆很认真地看起来。南柯也拿了一本有那篇文章的杂志,一边看,一边注意她的反应。如忆看得很慢,说明很仔细。南柯这篇文章约有一万五千多字,如忆看了很长时间。看罢,她抬头看看南柯,轻轻一笑,没有说什么。南柯也不好说什么。

两个人就又僵了一会儿。

南柯无话找话地说了一些闲话,两人才慢慢有了话。说了一会儿闲话,如忆看看表,说:"四点了,我该走了。"

南柯说:"再坐一会儿吧?"

如忆又坐了下来,看着他,微微笑着。

南柯说:"我想,我们以后可以是好朋友吧?"如忆点点头。"虽然我们也可以说是师生关系,但毕竟我没有给你代过课,我也没有做过正式的教师,所以师生之谊有，但还不能说是师生关系，是吧？"如忆又点点头。南柯其实想给他和如忆之间的关系定一下位，他认为，只有定好位才好相处，不然，不明不白，名不正则言不顺，言不顺则事不成。当然，如果有什么事的话。

送如忆出门的时候，南柯又说："你以后有事无事，都可以找我。"如忆笑着说行。

目送如忆出门的背影，南柯心里有一些高兴，也有一丝说不清的惆怅。

南柯想，如忆其实变化还是很大的，岁月无情啊。

# 第 四 章

天色向晚的时候,齐文晋给南柯打来一个电话,请他到竹里馆喝茶。

吃罢晚饭,南柯坐车来到曲江池边、大雁塔旁的竹里馆。竹里馆是一个茶坊,典型的东方情调:园林式格局,景山,湖水,修竹,古松,掩映着一个二层木楼。南柯上到二楼时,看见齐文晋坐在一个窗边。南柯坐下,说:"好香!"齐文晋向窗外一指,南柯一看,窗外是一树金灿灿的蜡梅。南柯又赞叹了一声:"好香的梅花啊!"

竹里馆居于汉唐文化研究院与北方大学之间,所以南柯和齐文晋等一干朋友常来此地喝茶、聊天。

齐文晋说:"柴一才说他一会儿也来。"

南柯说:"是吗?他现在干什么呢?"

齐文晋说:"老潘请他去吃烤肉,叫我,我没有去。"

南柯说:"不会只是他们俩吧?"

齐文晋笑了:"还有三个漂亮姑娘。"

老潘叫潘冬宝,是齐文晋当年下海南时认识的朋友,也是河西人。老潘曾在一家叫做《海南经济新报》的报社工作,虽是记者身份,其实主要是拉广告。据齐文晋说,老潘这些年拉广告挣了不少钱。老潘之所以给南柯留下深刻印象,是因为据齐文晋和柴一才说,老潘这个人很有手段、敢作敢为,有一次老潘在报社拉了一笔赞助,该拿的提成报社迟迟不给,有一天他到主管办公室要钱,主管找各种理由不想给,老潘拿起桌上的电话,说,你给不给?不给,我现在就给省长打电话!说你骂他,还把你贪污的事报告省长,说着开始拨电话,吓得主管马上说,给给给,马上给。又说老潘很花,也很会玩。南柯听他俩讲过很多老潘在海南的故事,给南柯留下一个印象:"到海南,找老潘!"似乎老潘在海南玩得很转,去海南只要找到老潘或跟着老潘,可以横行无阻,想怎么玩就能怎么玩。南柯此前只见过老潘两面。一个月前,也是在竹里馆喝茶,柴一才带来一位个子高长得也胖的中年男人,这个男人虽然又高又胖,但两只眼睛转得很快,显得很机敏。柴一才介绍说这是潘冬宝,他和齐文晋在海南的朋友。南柯起初没在意,后来听了老潘几句话,觉得此人不比寻常,就看着柴一才说:这一位就是老潘吧?柴一才说,对,就是我经常给你念叨的老潘。南柯说,你介绍老潘我还知道,老潘,鼎鼎大名啊,你说潘冬宝,我反而不知道是谁了。大家都笑。这就算与老潘认识了。第二次是南柯请几个朋友在桃园酒家吃饭,柴一才、齐文晋都在邀请之列,柴一才带着老潘来了,正说着话等人,齐文晋打来电话,说他一时过不来,问为什么,他说他骑摩托没有戴头盔被警察挡在了街口,南柯就说去救人。老潘开了一辆车,南柯就与他去救齐文晋。到了警察跟前,老潘亮出记者证,说,我是新华社的记者,正要开一个新闻发表会,这位朋友是大会邀请的一位专家,请关照一下。警察训斥了几句,让他们走了。

南柯说:"看来老潘到了长安也玩得转。"

齐文晋说:"可不是?起先,老潘还让我帮忙给他找女朋友,我心想,我哪能干这种事?我看,老潘现在的整个人生追求就是玩女人,而且现在的倾向主要是找很年轻的女孩。"

南柯说:"这是刀刃上的舞蹈。这家伙不会有病吧?"

齐文晋说:"人家有理论,说是中国古代房中术中说,采阴补阳。干坏事还居然与养生联系在了一起。"

南柯说:"这个时代的特征就是实用主义和享乐主

义。一般而言，女人是实用主义，男人是享乐主义。你说那些女孩子图老潘什么？年龄大，老潘四十五六了吧？看，都是奔五望六的人了嘛。长得也不好看，满脸虚肉，肥头大耳的。"

齐文晋说："你说的这个时代的特征是实用主义和享乐主义，很有道理。确实是这样。这个时代的女人考虑问题主要是从功利目的出发，而男人，稍有一点权力和金钱的男人，又大多沉湎于享乐之中，吃、喝、嫖、赌，想着法儿玩世界、享乐人生。老潘今天带的那三个女孩子，她们图什么，还不是看上老潘有钱、有车。"

南柯说："老潘这是在犯罪啊！"

齐文晋默然一会儿，说："确实是在罪的边缘游移。问题是，那些女孩子都很愿意，有的还离不开老潘。身体的感官需要往往比头脑里理智的力量更强大。"

"这也就是很多人堕落的原因所在。堕落往往有一种堕落的快感。"南柯接着说。

"可怕的是，像老潘这样的人，现今社会上还有不少。前一阵子报纸上报道过海南有一个领导干部之类的人吧，他把搞过的女人写成日记，据说有上百人。你说现在社会上什么荒诞的事没有？"齐文晋说。

南柯看前方一丛花木里有一个姑娘在演奏古琴，听曲子是《高山流水》。他说："这从一个侧面反映了一代人的精神面貌,从某种意义上说,也反映了我们这个时代一大批人的价值追求。上帝死了,孔子也死了,信仰崩溃了,道德消亡了,金钱成了很多人的终极追求,女人成了很多人的终极追求。没办法,现在似乎是普遍现象。"

齐文晋喝了一口茶,看着窗外,说:"我们虽然也不能免俗,也喜欢漂亮姑娘,但是总有一个度,总有一个规矩,总希望与女性有一种感情上的沟通、精神上的交流。"

南柯看着那个弹琴的姑娘,说:"是啊,我虽然不保守,不道貌岸然,但也不前卫,我理想中的姑娘是一个中国古典精神熏陶出来的姑娘,美丽,聪颖,却不是那种太过聪明的人精;温柔而多情,并且很含蓄,含情脉脉,柔情似水;多才多艺,善解人意。"

"这样的姑娘哪里去找啊?"齐文晋感慨地说。

南柯说:"遇吧。这是可遇而不可求的。看缘分吧。"

齐文晋说:"人是很奇怪的,有人喜欢年轻姑娘,有人喜欢年龄大一些的女人。有一个朋友说,他不喜欢小姑娘,喜欢跟年龄较大一些的女人接触,说是能有精神上的交流。"

南柯笑着说:"这跟老潘恰成对比,一个喜欢用上半身交流,一个喜欢用下半身交流。"

两人正说着，柴一才给齐文晋打来电话，说他过不来了，还要齐文晋过去，齐文晋正好有一些要事与南柯商量，就婉拒了。

放下电话，齐文晋说："柴一才这人，可以理解：和老婆早没了感情，长年漂泊，是一个没有故乡的人，这几年孤身在长安，需要女人是正常的。不过，他的性格和手段都不行，吴小晴跟他分手后，他至今没有女伴，饥渴是可以理解的。"

南柯说："那你呢？虽然有妻子，妻子却远在天边，跑到深圳不回来；又没有稳定的工作，不知怎么混，有几年了，两年多了吧？"

齐文晋说："两年零八个月了。"

南柯说："干脆离了算了。这样也不是个办法。"

齐文晋默然。

两人喝着茶、说着话，过了一个多小时，柴一才忽然来了。他坐下要了一个茶杯，倒满，咕嘟咕嘟喝了下去，止不住兴奋地说："那三个女孩真漂亮！"又冲着齐文晋，"可惜，你没有去。"

齐文晋说："老潘呢？"

柴一才说："跟一个女孩开房去了。"

"你怎么不去？"南柯问。

柴一才说："我还不适应这么快的节奏，先慢慢认识吧。"

齐文晋对南柯说:"柴一才这家伙跟你不一样,你是不喜欢的女人,一概不理,看都不要看。柴一才是很有耐心的,懂得迂回,懂得放长线钓大鱼。他往往能从一个女孩那里,扯出一串来。"

柴一才不好意思地说:"你胡说什么呢!"

齐文晋说:"可不是吗?你通过认识韩梅,韩梅虽然长得不怎么样,可是你与她不断来往,朋友带朋友,渐渐又引出了另外两枝梅:汤梅、杨梅。结果是三枝梅。还有那四个燕、五个英,不都是这样一个带一个扯出来的?"

南柯调侃地说:"想不到柴一才还行啊!很有技巧。那么怎么现在连一个固定的伴都没有呢?"

柴一才说:"猴子掰苞谷呗,掰一个扔一个。"

齐文晋说:"你这是喜新厌旧,是韩信将兵,多多益善。"

柴一才不说话了,只是笑着喝茶。过了一会儿,他才慢悠悠地说:"其实,来一个走一个的关键,是现在的女孩都爱钱,是咱的'把'不瓷实啊!"长安土话把钱叫"把"。

南柯笑了,转头注意到那个女孩现在弹的曲子是《幽兰》。

柴一才说:"你们知道老潘为什么那么让女孩着迷?"不等两人回答,他就抢先说:"不是其他,主要还是钱啊!老潘一出手就是三千、两千的,说是让买个小礼物,女孩或者少妇一见,哪有不喜爱的?"

南柯问:"赤裸裸给人钱,人能接受吗?"

柴一才说:"也有技巧啊,要顾人的脸面。给钱的时候,不说是干那事的报酬,而说是:拿上打的吧,不要太辛苦,整天骑自行车、乘公交车,多累啊!女人们心照不宣,下次再叫,跑得比谁都快。"

南柯说:"你说是女人们,难道还不止一个?"

柴一才说:"一个哪够?老潘至少准备四五个少妇,再加上年轻女孩,排着班似的轮流来,今天叫这个,明天叫那个,很有秩序的。"

"身体吃得消吗?"南柯问。

柴一才说:"说起来好笑,老潘这家伙正是因为在海南吃不消了,才回到长安治病养病的。什么病?不大清楚,据说是腰痛一类的病吧。这不,刚有点好转,心里就痒痒了。"

齐文晋说:"玩女人已经成了老潘人生唯一的追求、最大的享受。"

柴一才说:"可不是咋地。不要说老潘,其实周围很多人都是这样,我们只是不知道罢了。人活着有什么意思，还不是要追求享受？而对女人的享受是最快乐的享受。"

南柯敲敲桌子说:"哎，哎，你过去也当过记者啊，对社会还是有责任感的，现在怎么一点人文精神都没有了？只剩下寻欢作乐、醉生梦死了?"

柴一才说:"我刚才说的是老潘，我们的潘冬宝，女孩们管他叫'宝哥哥''宝大哥'，那都是他的想法。我对社会还是关心的。爱女人当然还是爱的，人嘛!"

古琴声消失了。南柯向花丛那边看去，弹琴姑娘已经走了。茶楼里仍有乐音荡漾，这次放的是CD。

他们也换了话题，谈起美国的"倒萨"局势。

## 第 五 章

自从一个星期休息两天后,周五其实就成了周末。这一天下午,南柯闲着没有事,给齐文晋打了一个电话,约他下午闲聊。齐文晋说他下午在北方大学有四节课,建议南柯给兰湘婷打电话,约兰湘婷和柳晴出来先玩,他上完课就来。南柯就给兰湘婷打电话,兰湘婷下午没有课,就跟柳晴一起出来了。

三个人到了竹里馆,拣了临窗的桌边坐下,一边喝茶一边闲聊。

几次接触,无形之中,兰湘婷似乎就成了南柯的女朋友或者说女伴,而柳晴无疑则属于齐文晋。这种关系的确立尽在不言中。因此,在坐下的时候,兰湘婷自然就坐在了南柯的身边,而柳晴则坐在了南柯的对面。旁边空着一张椅子,那是给齐文晋留的。

东拉西扯了一会儿，南柯话多一些，两个女孩子话少一些。南柯注意看她们俩，柳晴眼睛看起来更单纯一些，而兰湘婷的眼睛则显出些许幽深。眼睛是心灵的窗户，南柯看人往往从其眼睛来判断一个人的性格。两个姑娘脸上都带着笑意，柳晴更明朗，兰湘婷更妩媚。北方的姑娘和南方的姑娘仅从神情上，都显出差异。

柳晴向周围闲看，无意间瞥了一眼桌旁的报夹，发现报上好像有"南柯"二字，就拿了过来。她把报纸展开在桌上，问南柯，这是你写的？南柯一看，正是他一个月前写的一篇随笔，今天报纸发表了。南柯说，这是写着玩的，一点随感，《长安晚报》有一个编辑约稿，就把这随感给了。兰湘婷也凑过去看，见题目叫《中年的惶惑》。文章写道：

人一过四十，就进入了中年，进入生命的午后。午后的生命是困倦的，中年则好像对什么都不感兴趣了，或者说对什么都难以感兴趣了。对女人也不感兴趣，看见漂亮的女人过去总是要多看几眼的，现在则是视若无睹。这是很可怕的。一个男人对女人都不感兴趣，还会对什么感兴趣呢？对吃也不感兴趣，吃什么都没有新鲜感，没有兴奋感，没有愉快感，一句话，索然无味。吃和没吃一个样。过去还喜欢小赌一下，连着赌上三两天丝毫不觉得厌倦，没人叫了还想得慌，现在则对赌也没有多大的兴趣，人叫去赌，总想着躲过去。

接着，文章中是感慨：

没有喜好了，惶惑就油然而生。对自己惶惑，对生命惶惑。……时间一天天过去，一天天穷忙个不休。有时候，一回头，也不知都忙了些什么，为什么而忙。看上一辈的人，来日无多，却还在追求一些没有多少意义的东西，比如位子，比如帽子，行将就木，还恩怨不断，是非不断，这恐怕也是他们那一代人的文化性格决定的，没有办法。看下一代人，他们似乎对什么都不那么在意，只知道吃好玩好，没有家国之忧，没有前途之虑。也有人说，等到不看新闻联播的这一代人起来并掌权的时候，中国就有救了。意思是说，这一代人不关心政治，不关心世界大事，他们只关心自己，这是重视个性的一代人，是关心自我的一代人。这一代人的思想和行为与上一代人不同，与上上一代人更不同。到了他们手里，一切旧的不合时宜的东西必将土崩瓦解。话虽这么说，但看下一代人那种对什么都不在乎、对什么也不负责的作风和作派，真不敢想象他们能担起救国救民的重任。而我们这一代人，中年一代人，我看更多的是迷茫，对人生、对世界、对价值、对意义的迷茫，深深的迷茫……

兰湘婷读完，没有说什么。柳晴在旁边也扫了一遍。南柯看她们读自己的文章，也不说话。他估计她们对自己的这些话不感兴趣。

沉默了一会儿，南柯说，这几年来，也许随着年龄的增长、阅历的增加，感情似乎越来越苍老了，很难再喜欢上一个人、爱上一个人。南柯说，一位作家朋友说，他年轻时看街上的女人，是一个比一个漂亮，感觉美女如云，到了中年，再看街上的女人，是一个比一个丑，好像再也找不到漂亮的女人了。作家感叹，不知是如今美女少了呢？还是人老了，心态有了变化。

"你怎么看呢？有没有看见美女？"兰湘婷问。

南柯说："我这么多年啊，主要忙，忙工作，忙写作，对身边这个世界，关注太少。没有发现什么美女，直到见了你们俩，才知道，噢，这个世界上还是有美女的。"

两个姑娘都笑。兰湘婷说："你骗人！"

南柯说："怎么是骗人？难道你俩不是美女？"

两个姑娘又笑了。

又喝了一会儿茶,南柯若有所思地说:"今年六月,我居然爱上了一个人。"他笑了笑,"陷得还有些深。"

"一个美女?"兰湘婷问。

南柯笑道:"也不算美女。起初没注意到她,显然不是那种令人惊艳的美女,时间长了一点,好像有了好感,感情就影响了眼光,觉得就是美女了。"

柳晴很有兴趣地看着他。兰湘婷说:"讲讲呗。"

南柯说:"算了。过去了。"

兰湘婷说:"讲讲呗。"

南柯说:"好吧。反正没事,闲聊。我呢,讲的不一定都是真的啊,就连编带捏,当讲故事吧,免得你俩坐在这里无趣。要是听瞌睡了就告诉我,我就打住。"

柳晴说:"我们喜欢听。"兰湘婷催他快讲。

南柯又喝了几口茶,讲了起来。

今年六月,我去锦州参加一个全国唐诗研讨会。同去的,还有长安师院的一个老师,他跟我是好朋友,我们俩住一个房间。我是第一次去东北,我的本意不是参加什么学术研讨,而是游玩,想看看所谓的白山黑水是个什么样。师院的朋友姓秦,秦岭、秦国的秦,具体名字我就不说了,我们就称他秦吧。

秦的学问很好，他的唐诗美学研究在国内学术界有些影响，同时，更重要的，他还是一个性情中人。秦有一个相好，或者叫情人，真名就不说了，我们给她起一个别名，叫她吴颖吧，不是无影无踪的无影，像个人名吧？好。吴颖这次也来了，她是长白山师院的教师。秦与吴颖相识，也是在一次全国性的学术研讨会上。秦到东北开会，半为学术，半为相会吴颖。巧的是，与吴颖同来的，还有她一个教研室的同事，女的，叫晓卉，拂晓的晓，花卉的卉，姓什么我就不说了。这个名字也是编的？姑且算是编造的吧。编一个名字便于讲故事。吴颖与晓卉住一屋。我们都住三楼。秦与吴颖是相好，吴颖动不动就往我们屋子跑。他俩的关系不回避我，但却回避晓卉。有一晚，我们去看东北二人转，我和秦去叫吴颖，吴颖对晓卉说，你对二人转不感兴趣，就在屋子里待着吧，我陪他们去。看着晓卉欲言又止的样子，想她一个人也无聊，我跟她开玩笑说，过一会儿，我要看二人转没有意思，我就来看你。我看的那个二人转其实是很好看的，很生活化，很逗人，也很能显示东北人的生命热情，秦和吴颖则认为这个二人转太粗俗。我倒是很喜欢这种民间性的东西。我看得津津有味，当然也没有回去看晓卉，也不可能去看她,我跟她还很不熟嘛。

　　研讨会开了三天,接下来是游玩。有一天我们在锦州市区玩,近傍晚时到了海边的一个公园,那里有一个古寺。古寺我已经没有印象了,但那个公园有一个木化石堆成的景区,则给我留下了极为深刻的印象。在夕阳的照耀下,木化石散乱地挺立在乱石杂草之中,是木,又是石,很有一种苍凉和凄美。据介绍,这些木化石在一亿三千万年前还是郁郁葱葱的树木,因了地球某种的突然变化,结果沉埋于地下,历经一亿三千万年,最终形成了木化石。确实,那些木化石你看着就是木头,是一段一段的树干,但用手一摸,却冷硬无比,它们早已化成了真真正正的石头。这是多么巨大的变化啊!那一刻,我真是感慨不已。我在那里留了几张影,是秦给我照的。留影的时候,吴颖和晓卉也在一旁,晓卉看我照相,我对她说,咱俩照一张吧。我其实是随便说的,开个玩笑,原想她不会和我照,只是逗一逗她,没想到她竟然大方地站到了我的身旁。这样,我们就照了一张合影。在夕阳的余晖中,在一亿三千万年前的木化石旁。

　　回到宾馆,我还念念不忘那木化石。晚上,吴颖到我们屋子坐,过了一会儿,晓卉也来了,跟吴颖说一件什么事。我和秦都请她坐。她就坐下了。四个人在一起干什么呢？打牌吧。房间里有现成的麻将和桌子，我们就玩起牌来。我和晓卉坐对面。打着聊着，不知怎么就说起了佛家的缘起说，佛家认为万物的聚散都是一种缘分，我忽然就说起了木化石，我看着晓卉，说，我跟木化石一定是有缘分的，很可能在一亿三千万年前，我们就约好，它等我一亿三千万年，而我，在一亿三千万年后，在这里，与它相会。我还说，我真想买一段木化石带回去。正好锦州的一个朋友来看我，我把这想法说给他，他说这木化石产自辽宁朝阳，那里有卖的，并立刻给我联系买木化石的事。晓卉对我的话很感兴趣，对我不怕麻烦地要买木化石也感到惊讶。她问我那么麻烦地买一块木化石有什么用？我说，为的是欣赏。

第二天，我们去一个海岛游览，乘坐的是一辆带空调的大轿车。出发时，我和秦坐一个座位，吴颖和晓卉坐我们前边。为了给秦和吴颖一个亲密接触的机会，我站起来对吴颖笑着说，我想跟晓卉坐一起。吴颖明白我的用意，很感激地看了我一眼，起来坐到后边，我就坐到了晓卉身旁。吴颖曾有意无意地说过晓卉，她的话给我的印象，晓卉这个人比较实用,为人拘谨,没有多少情趣。但我通过与晓卉的谈话,发现晓卉并不像吴颖所说的那样,而是一个艺术感觉很好也很有情趣的人。我们越谈越投机,而且我发现,她还是一个有深度的女人。我有一个偏见,认为女人一般都比较肤浅,没有多少深度。这个深度不是指学问、思想,而是指精神世界。晓卉说她本来是学戏剧的,最喜欢的也是戏剧。我觉得现在还有人喜欢戏剧,很不可思议,特别是年轻女性。我说,我看过的戏剧中,最喜欢的是美国戏剧家尤金·奥尼尔的《天边外》。她说她也非常喜欢《天边外》。通过对《天边外》思想内涵的交流,我发现我们之间有许多相通的地方。她说她喜欢静,喜欢住到乡下僻野。她问我,听说你在乡下有一处房子,我说是的。后来,她说她其实是一个非常悲观的人。她说的一句话给我很深的印象。她说,她很爱她的孩子,她之所以爱孩子,是因为她认为她不该把孩子带到这苦难的人世。我没有想到一个做母亲的会有这样的想法。她其实还很年轻,才二十八岁,居然是这样的悲观。一路交谈,我觉得我们互相之间有了比较深的了解,也沟通了许多人生看法。

去海岛来回坐的是轮船。去的时候,我们,包括秦和吴颖,都上了船顶,海风很大,吴颖和秦坐了一会儿,受不了,就下到船舱里去了。我坐着没有动,晓卉坐在我身旁,也没有下去。从岛上回去的时候,我们仍然坐在船顶。上到岸上,吴颖悄悄对我说,晓卉肯定看上你了。我问何以见得?她说,晓卉一直是很娇气的,特别怕风,怕风吹坏了脸上的皮肤,今天居然一直陪你坐在船顶,不简单,不寻常。晚上,我们住在一个县城边的度假村里,自然还是我和秦住一起,吴颖和晓卉住一起。不过,我们两个房子隔了好远,还要拐一个弯。刚住下,吴颖就来到我们房间。过了一会儿,晓卉也寻到我们房间。秦就称赞我的种种好处,从人品说到学问甚至才华,他跟我是好哥们,说我的好处当然有些夸张。吴颖也不失时机地说,我送了她一本书,是一本随笔,叫《回家的路》,写得很好,说那本书就在她的提包里。我来参会时带了两本几年前出的一个随笔集,一本送锦州的朋友了,一本送给了吴颖。晓卉听了,跟吴颖打了招呼,说她要回去读那本书,就走了。我感觉晓卉真的对我有好感,而秦和吴颖则是极力撮合。晓卉走后,吴颖和秦极力撺掇我去找晓卉,说晓卉简直有点神魂颠倒了。我笑着说,那你们今晚就住这房子,我去找晓卉。接下来就谋划我敲门时怎么找借口、怎么留宿，我笑着说，这简直有点"阴谋与爱情"的意思了嘛。我这时对晓卉的感觉，也是很好的，确实是喜欢上了她。尽管她已经结婚成家，并有了孩子。我从吴颖那里得知，晓卉的丈夫是一个医生，年龄大晓卉很多——我与晓卉年龄也相差很多，关键是那个医生没有什么情趣，晓卉与他肯定没有共同语言。吴颖还说，她从没有见过晓卉与人谈得这么投机。说实话，我当时对晓卉的一些认识，包括她对我的态度，很大程度上是受了吴颖和秦这两个旁观者分析评论的影响。

后来，我就去找晓卉。这可能是我们在一起的最后一夜了，明天的行程是游览山海关，然后在晚上同去长春。我和秦准备到长春和哈尔滨看看，然后再回长安。到了长春，晓卉就到家了，自然不可能跟我们再在一起。我敲开晓卉的房门，晓卉手里还拿着我那本书。我说，秦没在这里吗？她说没有。我说，秦不见了，我以为他来了这里。这话是我敲她门的借口。然后我问她，洗澡了没有？她说还没有，我说现在有热水，九点以后就没有了。我看了一下表，是八点半，说，还有半个小时，你先洗澡，我过一会儿再来。我在大厅里坐了半个多小时，然后再去敲晓卉的门。晓卉刚洗过澡，上身穿了一件白色的睡衣，下边穿了一条短裤，开门后请我进去。我进去坐在窗边的沙发椅上，她斜倚在床头上。那个时候，我想我已经迷上了她。我问她书看了多少，她说已经读了四十多页。我说回去我会给你寄一本书的。就这样说了一会儿闲话。我不知道该怎么与她更一步接近。这时吴颖进来了，她说来拿手机。我们原来说好的，是吴颖过一会儿给她的手机打电话，我接，我说我要留在这里，让她晚上不要过来了。吴颖刚才可能给这里打电话，没有人接，因为我在大厅，晓卉在洗澡，她不明情况，就过来了。吴颖过来不久，秦也过来了。看来晚上是不能成其好事了，我们四个人就玩起了牌。十二点过后，我和秦回到自己的房间。

讲到这里，兰湘婷和柳晴互相看了一眼。南柯注意到，柳晴捂嘴笑了笑，兰湘婷则板着脸没有笑。南柯没有在意，自顾自继续讲。

第二天游览山海关。晓卉下一个台阶时，不小心把左脚崴了，我要陪她，她让我继续玩。她在车上休息，我匆匆转了几个地方，也回到车上。回去的路上，我看她脚疼的样子，就说有一个方法，治疗非常有效。我们又回到锦州。会议就算结束了，大家下来是各走各的路。我们去长春的车是晚上八点开，此时是下午三点多，还有几个小时的等待。我们四个人先到了晓卉和吴颖住的房间，我和晓卉说，要不要按我说的方法给你治一下？我说的方法是以前别人教我的，曾治疗过我的腿伤，很有效果。这就是倒一点白酒，点燃，然后用手蘸着带火的酒，敷于伤痛的地方，不停地按摩，起到活血化瘀的作用。秦在一旁帮腔说，南柯很会按摩，他的按摩在我们那里很有名，简直是神手，他一按摩，你很快就会不疼的，很快就会好的，然后催我，还不赶快去买酒。我就去买酒，还买了一盒火柴。回到晓卉房间时，秦和吴颖都走了。晓卉坐在床上，显出很痛苦的样子。我帮她脱掉袜子，看了看她的伤处，有瘀青。我点燃些许白酒，用手蘸上，火苗在我的手上还燃烧着，我把酒敷在瘀青的地方，然后进行按摩。看我手上有火，她问我，烧疼你了吧？我说，不要紧的。当然，烧肯定是烧的，但我心里很乐意。火灭了，我再点燃，酒没有了，再倒，就这样反复按摩了十几分钟。我问她感觉怎么样，她说感觉好多了。我说晚上再按摩一次，保证很快就会好的。这期间，吴颖还回来一次，见我正在给晓卉按摩，她说她取一件东西，还要出去跟人谈一些事。吴颖走后，我坐沙发上，陪晓卉说话。我那时的感觉，晓卉对我已经有了深深的好感。

晚上八点，我们上了火车。秦和吴颖说他们乘中铺，要我和晓卉乘下铺。我坐在晓卉的铺上，与她说话。火车开动了，我给她用酒又按摩了一次。接下来，我们海阔天空地聊了起来，看来她确实是不疼了。火车在夜色中走着，我和她面对面坐着说话，说实在的，那种感觉是很美妙的。我谈了许多我的过去，她也说了她的许多过去。这里，已经有了心灵深处的交流。我感觉我已经爱上了她。是的，是爱上了她。我甚至觉得，她的一切都是那么美，令人心动。可惜的是，这样的谈话时间太短了。近午夜十二点的时候，火车到了长春。出了车站，晓卉的丈夫来接她。她走后，秦发表议论，说晓卉这个丈夫一看就是一个平庸的人，没有什么趣味。我觉得秦真是一个好朋友，他看问题的立场，时刻都站在我这一边。

在长春，我和秦住在一家小宾馆里。吴颖回去了。次日一早，吴颖就来了，说晓卉一大早就给她打电话，问我们今天怎么安排？吴颖说，她从来没有见晓卉这样热情地对待过别人，看来肯定是喜欢上我了。随后，我们决定先到长白山师院吴颖的教研室看看，吴颖说，中文系一位领导中午要请我们吃饭。我们到达的时候，晓卉早已经到了那里。我们见了，依然很亲切。与系领导礼节性地坐了一会儿，然后就去吃饭。中午我喝酒喝多了。我一直是戒酒的，但那一天却破了戒，喝了有五六两，幸亏那个酒的度数低，我只是有点微醉。下午，我们在市区转了转，晓卉一直陪着我。接下来的一天，秦和吴颖都说他们有别的事，早上晓卉陪我参观伪满时期的皇宫，中午，她请我在一家东北特色的饭店吃饭。在参观伪皇宫时，秦给我打来电话，问我中午怎么吃饭？我问晓卉，晓卉说她要请我，我说那就咱们两人吧，不跟他们在一起吃。说这话的时候，我感觉她和我一样，只想我们待在一起。吃饭的时候，秦又打来电话，问我下午怎么安排？我说我们准备在宾馆坐一坐，秦说那他就不回宾馆了，要我抓住机会。我知道他说的机会指的是什么。晓卉问我，明天准备去什么地方？我说想去哈尔滨，听说长春离哈尔滨只有四个小时路程。我问她，能一起去吗？她带着歉意说，她几乎没有出过远门，这一次开会出去了七八天，回来又两天没有沾家，她接下来要管孩子，不能再陪我了。我说，我能理解。

但我的心里,还是怅然若失的。

回到宾馆,我和她分坐在靠窗的沙发椅上。房间里很静。我说,秦说他有事不回来了。我看她很坦然,显然并没有因为与我同处一室感到不安。我知道,这是我和她在一起的最后时刻了。接下来,她顶多在我走的时候再送送我。我觉得我这时真是不想离开她,我真的爱上她了。我们一时无话。过了一会儿,我才试探着找话题,想打开有点僵硬的气氛。我其实是一个很坦率的人。我不喜欢绕着弯子与人说话,再说,我们也没有时间绕弯子了。我们说了一会儿闲话,我直截了当地对她说,我喜欢上了你。怕她不明白,我又接着说,这个"喜欢"实际上就是"爱"。她笑着对我说,就用"喜欢"吧,这个词比较含蓄。我说,我对爱的理想,其实是中国古典风格,两情相通而又含情脉脉,深情但含蓄,在一点一滴中让双方慢慢体味爱的感觉。可惜,我们没有这样的机会和时间了。我们只剩下了这最后的一点时间。从此后,我们将天各一方,见一面都很难,从长安到长春,光坐火车就需要三十三个小时。她静静地听我说话。我感觉她这时很冷静。我犹豫了一下,说,我的风格是直截了当,我已经把我的态度向你表明了,不知你的意思如何?

她说，你能看出来，我对你也很有好感。我说，那么，我现在想和你在一起。

讲到这里，南柯停了一下，看了兰湘婷和柳晴一眼，柳晴捂着嘴想笑，兰湘婷依然板着脸。南柯没有在意，继续自顾自讲。

说这样的话，你们不要好笑，我其实一直不知道该怎么在最后关头，即在男女相处的最后关头，使关系更进一步。我只会直说，直接问人家，行不行？此刻，我向她说的意思已很明确，她会明白的。我问她，行不行？她说，"在一起"是什么意思？我笑笑说，就是"那个"，不用直说了吧？我问她明白了吗？她说明白了。我问她，行不行？她说，不行。我问，你能确定？她说，可以确定。我问她，为什么？她说，她已经结婚了。我说，婚姻和爱情是两回事。她说，看来，你是一个不守规矩的人。我说，要看是什么规矩。我说，没有想到你是这么保守。话说到这个份上，就已经到底了。她说不行，我就不能再说什么了。我说，那好吧，我们说别的。这样，又聊了一会儿，看看到了五点多，她说要回去了，要去接孩子，孩子一直放在她母亲家。我送她出了门。

这时候,齐文晋来了。南柯喝了口水,停止了讲述。

齐文晋笑着问南柯:"讲故事呢?"

南柯说:"讲过去的一段爱情故事。"

兰湘婷问:"完了?就这样结束了?"

南柯说:"后来,我就突然想走,想离开长春。第二天,我要走,吴颖硬是挽留住了,她陪我和秦游了一次净月潭。第三天,我一大早起来就要走,秦又留住我,说中午有朋友要请我们吃饭,我推脱不过,结果喝得大醉。"

齐文晋说:"你不是不喝酒吗?"

南柯说:"那是一次破例。以后就不喝了。"他接着讲,"晚上,我就乘车走了。原来我计划的路线是,从长春到沈阳,从沈阳到朝阳,买木化石,托运走以后,再到承德,看一看辽阔的草原,然后再回长安。没有想到醉得一塌糊涂,秦本来还要多待几天的,一看我醉得不行,又挽留不住,就陪我一起回来了。"

兰湘婷说:"你怎么能直接问人家女孩行不行呢?没有人会说行的。"

南柯说:"不问,又将如何?"

兰湘婷和柳晴都笑,不再说话。

兰湘婷起来去卫生间。南柯还沉浸在往事的回忆之中，显得很激动，说："我没有想到我竟会是那么伤感。其实，临走的最后一晚，我还有一个故事。"

柳晴问："什么故事？"

南柯说："我找了一个朝鲜族姑娘睡了一夜。歌厅找的。"

齐文晋打断他说："你胡说什么呢？哪有这样的事！"

南柯说："讲讲没什么的。"

齐文晋说："不要说了。"

南柯一时明白了，有些话是不能讲的，他就不再说了。

齐文晋叮嘱柳晴说："不要对兰湘婷讲。"柳晴点点头。

兰湘婷回来后，齐文晋说："晚上咱们干什么？"

柳晴看看兰湘婷说："看电影吧。"

几个人就出了竹里馆。

# 第 六 章

几个人进城在书院门吃了饭,南柯提议说:"听说张艺谋的《英雄》今天第一天上演,咱们到阿房宫电影院看《英雄》吧,那里最近。"

其他人赞同,他们就到了阿房宫电影院。一问,票已经卖完了。他们又坐出租车到了北门外的大明宫电影院,那里《英雄》的票也已售完。齐文晋说,那就随便看一个电影吧,以后再看《英雄》。南柯就买了四张小电影厅的票,那里演的是美国电影《缘分天注定》。进了小电影厅,里边稀稀拉拉只坐了两对观众。兰湘婷说口渴,南柯就出去买饮料。他买了四瓶鲜橙多进来,看见齐文晋与柳晴坐在中间一排的一个小包厢里,兰湘婷一个人坐着,他就挨着兰湘婷坐下。

这种所谓包厢其实就是两个人一个座位,也叫情侣座。兰湘婷与柳晴挨着,她俩不停地说笑着。电影开始了,前边有加映的广告。兰湘婷向前探着身子与柳晴说话,南柯就把手放在了兰湘婷的身后,做出搂抱的姿势。兰湘婷向后靠时,感觉到南柯的手,她就欠身向前,躲避南柯的搂抱。南柯笑着说:"这是礼貌。"兰湘婷笑着问他:"你是不是对每一个跟你看电影的女孩都是这样?"南柯说:"我其实已经有很多年没有到电影院看电影了。"《缘分天注定》开始了,这是一部轻喜剧,讲的是一个无可救药的浪漫主义者的故事:一对青年男女偶然邂逅,一见钟情,分散后又相互思念,临与别人结婚前还苦苦寻找对方,大海捞针一样地寻找,而后果然是缘分天注定,一对有情人终于再次相遇。兰湘婷看电影时显得很投入,南柯则不时注意看她脸上的神情,对电影没有真正看进去。兰湘婷身子向前挺了一会儿,经不住南柯坚持,终于也靠在了南柯的手臂弯里。南柯右臂搂着兰湘婷,左手则伸过去拉住了她的一只手。兰湘婷向南柯笑着看了一下,手也就让南柯握住了。南柯感觉他们像一对情侣。

南柯的心思游移,一会儿看电影,一会儿看兰湘婷,没把故事看明白,因而不时地问兰湘婷情节这样发展是怎么回事?兰湘婷含笑问他:"你不好好看电影看什么呢?"南柯嬉笑着说:"看你。"兰湘婷就给他讲情节发展是怎么回事。

电影看完,南柯觉得他与兰湘婷的关系进入了一个新层次,两人感觉上已经很亲近。

出了影厅,兰湘婷和柳晴双双上卫生间去了。齐文晋与南柯站在院子里说话。

齐文晋说:"兰湘婷好像没有谈过恋爱。"

南柯说:"何以见得?"

齐文晋笑着说:"感觉。"

南柯也感觉兰湘婷没谈过恋爱,显得很单纯。

两个人相视而笑。

停了一会儿,齐文晋说:"佛家有一句话,说是'慎勿造因',一个因必然带来一个果。"

南柯不知齐文晋是不是在警告他,要他"慎勿造因"。

齐文晋继续发出他的感慨:"我认识她们也很偶然。我在河西艺术学院带课,尽管她们都是我的学生,但我从来没有注意过她们,也没有与她们说过一句话。今年夏天的时候,她们考试,我监考。柳晴交卷子的时候,我顺便看了她的卷子一眼,她就和我说话。我当时问她是哪里人?她说是兰州人。我就说,我放假有可能去一趟兰州。柳晴说,那好啊,去了可以给她打电话。她就把她的手机号码给我了。刚好放假时我去了一趟甘南草原，回来时走的是兰州，就给她打了一个电话，我们就在兰州见面了。你看，没有我当初随便的一问，就没有后来的这许多。当初的一问，就是'因'啊。"

兰湘婷和柳晴出来了，见他俩在笑，问他们笑什么，两人说没有笑什么。四个人又去北院门吃了一点夜宵，然后搭出租车回去。南柯特意绕了一点路，跟他们坐了一辆车。乘车的时候，南柯笑着对齐文晋说，我坐后边，你坐前边吧。齐文晋笑笑说行。柳晴就先进了车门，兰湘婷后进坐在中间，南柯挨着兰湘婷坐了。

男女之间身体接触会缩短两人的心理距离。南柯与兰湘婷坐在车里的时候，感觉与兰湘婷亲近多了。

星期六下午，南柯应许梅之邀到她那里打牌。打牌之前，南柯的手机收到一个短信，他一看，是兰湘婷发来的，问他："你在做什么呢？"南柯回了一个短信："想你。"不一会儿，兰湘婷又发来一个短信："想着想着想不起来是谁了。"南柯感到兰湘婷是惦记他了，同时他也感到她这一句话里含着一种人生的悲观，不然，为什么他和她的关系刚刚开始，她就先想到他会忘记她？

到了星期天下午，齐文晋给南柯打电话，请南柯到他家去玩，说兰湘婷和柳晴也在。南柯这一天有些杂事要处理，他忙完赶到齐文晋家时，已是下午五点了。齐文晋住的是北方大学教师楼两室两厅的房子。南柯进门，看见兰湘婷和柳晴坐在三人沙发上，齐文晋坐在旁边的单人沙发上，南柯就挨着兰湘婷坐下了。电视里放的是日本电影《失乐园》。齐文晋在艺术学院教授美学，讲理论，也有艺术作品欣赏与分析，其中包括电影，所以他有不少的电影资料片。南柯看过《失乐园》小说，也看过电影，他知道这部电影有些性爱镜头，是所谓的"情色"电影。他看兰湘婷和柳晴，两人认真地看着电影，似乎并没有什么难为情之处。

《失乐园》放完，南柯说，这部电影其实是一部很严肃地关于两性关系的电影，影片中的男女主人公追求的是一种"绝对的爱"，他们要在爱与快乐的巅峰时刻永驻，并以自杀来完成这样的追求，这里体现出日本民族的一种极端精神。说到极端精神，南柯说他最近看过一部山口百惠和三浦友和主演的《春琴抄》，非常美，表现的也是一种爱的极端精神，但更内敛，更沉静，极具东方之美。他还比较说，《失乐园》是一种肉体之恋，《春琴抄》则是精神之爱，都是一种极致的东西，他更喜欢《春琴抄》。齐文晋就说他可能有《春琴抄》，说着就找了出来。他们于是又看《春琴抄》。南柯默默地从背后搂住了兰湘婷，兰湘婷悄悄地接受了，两个人紧紧地拥在一起。南柯又握住了兰湘婷的一只手。过了一会儿，他感到，兰湘婷在轻轻地用手指划他的手心。划手心传递出的是一种很微妙也很明确的信息，南柯想，兰湘婷对他一定有感觉了。

看完《春琴抄》，南柯问兰湘婷和柳晴的看法。柳晴说："挺好的。"兰湘婷补充说："就是太沉重了。"她提议看一些轻松的片子。

柳晴说："感觉饿了，咱们吃饭吧。"

齐文晋看了看窗外，说外面正在下雪。兰湘婷说，可以叫外卖。她给齐文晋说了一个电话号码，齐文晋接通后让柳晴点菜，柳晴就要了五个菜、四盒饭。等饭菜的时候，柳晴和齐文晋说话，南柯与兰湘婷说话。南柯一手握着兰湘婷的手，面对面说话，两人挨得很近，南柯可以闻到兰湘婷的气息。兰湘婷被南柯搂着，眼睛看着南柯，慢声细语地说话，显得很妩媚。

饭菜送来后，四个人各拿一盒饭开始吃起来。南柯很快吃完了，兰湘婷还一筷子一筷子地挑着拣着几样菜慢慢地吃。南柯说："你吃得太斯文了。"兰湘婷说："我喜欢摆很多菜，每样菜只吃一点。"南柯说："你这样的要求，恐怕只能是皇帝才能有的啊。"兰湘婷说："我在家里就是这样的。"她看南柯已经吃完，就说她吃不了饭盒里的饭，要分一些给南柯。南柯笑着说："你不用分，你吃剩下了我吃。"齐文晋和柳晴就看着他笑。

兰湘婷坚持着把她饭盒里的饭再给南柯分了一些。

吃罢饭,又看了两部轻松的影片。看看时间,已经十一点多了。柳晴问兰湘婷:"咱们晚上还回去不?"兰湘婷回过头对着柳晴:"你说呢?"南柯说:"不回去了吧?"齐文晋说:"不回去了这里也有住的地方。"柳晴和兰湘婷互相看着,笑着不言语。几个人又说话。到了十二点,柳晴问兰湘婷:"还回去不?"兰湘婷看了看表说:"都十二点了。进不去门了吧?"柳晴笑着说:"要敲门。"兰湘婷显出为难的样子:"看门的阿姨可不好说话。"齐文晋看出两位姑娘其实都不想走,就一锤定音地说:"那就不走了。"两位姑娘也不反对。

南柯与兰湘婷又抱在了一起。这时的情况是,两个人头倚着沙发背,靠得很近,四目相对,眼睛眨都不眨一下,含情脉脉地对望着。南柯觉得自己有一种冲动,他看到兰湘婷眼里也射出一种渴望。

齐文晋见他俩这样,说:"你俩说什么悄悄话呢?那么亲密!"两个人看着齐文晋只是笑,不回答。齐文晋说:"要不然,你们俩进去说吧。"

南柯看着兰湘婷,说:"进去吧?"

兰湘婷笑而不答,只是显出妩媚的样子。

南柯再说:"进去吧!"

兰湘婷娇柔地"嗯"了一声,说:"我不想动。"

南柯说:"那我抱你。"南柯就抱起了兰湘婷。兰湘婷也不反对。南柯一边笑着,一边把她抱到里边的小房间。

把兰湘婷放到床上,闭上门,南柯也躺到床上,他要抱兰湘婷,兰湘婷却躲开了。兰湘婷说:"就这样,说说话不好吗?"她倚在叠起的被子上,南柯枕在枕头上,一高一低,相望着。南柯看她,她笑着。南柯再抱,她还是躲。南柯也倚在被子上,紧紧抱住了她。两人对望了一刻。南柯发现兰湘婷的嘴特别美,饱满而且弯曲有致。他抑制不住冲动,一下子吻住了兰湘婷的嘴,吻得很热烈。兰湘婷开始还试图躲避,后来就不躲避了,并且开始回应他。就这样,两人在床上扭来移去,不断地亲吻着。到后来,两人并排睡在了一起,紧紧地拥抱着。

南柯一边忘情地热吻兰湘婷的嘴,一边喃喃地说:"我已经很久很久没有吻过人了。"

兰湘婷说:"我不相信!"

南柯看着兰湘婷的眼睛说:"是真的。我没有必要说假话。"

兰湘婷说:"我还是不相信。"

南柯笑笑:"好像有一个不成文的规矩,那就是,做爱并不等于有爱,而只有接吻才是爱的表现。"

兰湘婷看着他,好像不理解似的。

南柯说:"看来,我是爱上你了。"

兰湘婷突然安静了下来,良久,她低下头小声地说:"我已经有男朋友了。"

南柯说:"你胡说。"

兰湘婷说:"是真的。"

南柯问她是什么时候认识她的男朋友的。兰湘婷说,她是在来长安上学时认识他的,她的男朋友现在长宁外语学院读书。南柯说:"我知道,这是一所民办学校,在终南山脚下。"过了一会儿,南柯说:"你的男朋友跟我没有关系。"

兰湘婷说:"但他跟我有关系。"

南柯说:"我们可以平等竞争。"又问,"你一定会嫁给他吗?"

兰湘婷说:"走着看吧。"

南柯说:"你能保证他最后一定娶你吗?"

兰湘婷说:"我不知道。"

南柯说:"也许最后你是跟我结婚呢?"

兰湘婷说:"跟你?那你家里那一位怎么办?"

南柯说:"我不是说过了,我已经离婚了。"

兰湘婷说:"你没有说过。"

南柯说:"你没有问过。我以为你是知道的。"

兰湘婷说:"那你女儿也不会同意的。"

南柯说:"女儿?你怎么知道的?这说明你还是知道我的事的。这是我的事,她是不会干涉我的。"

兰湘婷说:"跟了你,我也许就此衣食无忧了,但我这一生也就这样定了。我现在还不想这样,我想再往前走一走、看一看。"

南柯说:"看世界?"他沉吟了一下,"我能理解。人年轻的时候,都会有这样的想法的。"

南柯想,如果她愿意,我真的会娶她为妻吗?他觉得,他现在尽管很喜欢她,甚至多少也有些迷她,但她真是合适的婚姻人选吗?他觉得现在还不能确定。他跟兰湘婷提到婚姻问题,其实是想试探一下她在这方面的想法和态度。兰湘婷对跟他结婚的态度,看来并没有完全堵死,是留有余地的,但她说的话也很真实,很有道理:她还想再走一走、看一看。她并不想就此定下她的终身。

南柯想,是呀,现在说这样的话当然为时过早,她需要再走一走、看一看,她是看世界,而我也需要再向前走一走、看一看,看她是否真的适合我。但无论如何,处个朋友,总是可以的。

南柯说:"我想,我们至少会成为好朋友的。"

兰湘婷说:"我也希望这样,我想和你做长久的朋友。"她又问了一句,"你能保持那么久吗?"

南柯说:"如果你是一个有情义的人,我想我一定会的。"

兰湘婷说:"男人的激情往往是很短的。"

南柯看看她,想不到她会说出这么沧桑的话。

两个人说着话,不觉天已微微亮了。

南柯说:"睡一会儿吧,你明天还要上课呢。"

## 第 七 章

午后三点多,南柯在办公室编完稿子,从桌子上随手拿起冯友兰的《三松堂自序》看了起来。刚读了两页,接到汪文海打来的一个电话,问他忙不?他说不忙,汪文海说,我这里有一个段子,讲给你听。南柯哈哈一笑,说:"电话里不要讲,糟蹋了,我这就打个车过去,当面听。"

南柯放下《三松堂自序》,出门叫了一辆出租车直奔八里村而去。汪文海是南柯的乡党,都是长宁县人,原来在长安市政府一个部门工作,后来辞职下海,他的公司位于八里村一个商业大厦,占据两层楼。汪文海做什么生意南柯从来不问,也不想知道,他只是觉得汪文海这个人豪爽有趣。

南柯到了汪文海公司,前台秘书把他引到汪文海的办公室。他进去一看,齐文晋和柴一才也在,三个人正坐在那里聊天。一见南柯进来,柴一才先站了起来,说,讲故事没有南柯不热闹。齐文晋说,没有南柯听,好故事是锦衣夜行啊。南柯找了一把椅子坐定,说,好故事不当面听,主要是浪费,浪费是极大的犯罪。大家都笑。

最近一段时间,时兴讲黄色笑话,汪文海就讲了一个黄色笑话,关于韩国人的,南柯听了大笑。大家扯了一阵,汪文海讲起了官场,他说官场最大的本事其实是见风使舵。

几个人又聊了一会儿当前的政治传闻和经济形势,汪文海换了话题,说他最近拿了一块地,准备和另一个广东来的大老板合作,搞房地产。齐文晋和柴一才都说房地产现在很吃香,是一个赚大钱的项目,又聊起长安各地段的房价。南柯平时对房地产不关心,也没钱买房,插不上话,只是听热闹。

等几个人五马长枪地讲完房地产、楼盘、赚大钱一类话题,南柯说:"文海,我有一个想法,或者说有一个策划,也是在心里想了很久的,我想了不顶用,因为我不能实现,说给你,也许有朝一日你能变为现实。"

汪文海给各人都续了茶,说:"你说说看。"

南柯:"你们刚才谈的房地产啊,楼盘啊,确实都是赚钱的项目。可这都是赚罢钱就结束了的项目。一曲终了，繁花散尽，只是做了一笔生意。我说的，是一个独一无二的项目，也是一个长远的项目，建设好了，也许能长久地留下来，成为一个真正的文化旅游项目。"

汪文海好奇地说："说啊，什么项目？"

南柯往椅背上一靠，说："你呢，文海，也许因为这个项目，名垂青史不敢说，但肯定会被人记住，至少被一部分人记住。"

齐文晋让他不要卖关子，柴一才让他赶快说。南柯笑着说："非如此，不足以突出这个项目的意义，非如此，也许不会打动我们的汪文海。"接着，他比较详细地谈了这个项目：

> 在秦岭北麓，终南山下，建一个中国隐士历史和文化博物院，与博物院配套，同时建一个中国隐士生活体验地，这是一件很有意义的事情。
>
> 为什么要建在终南山下？因为终南山是中国最为著名的隐士居住地。大家都知道"终南捷径"这个成语，虽然这个成语是讽刺有的人把隐居当成求官的门径，但总的来说，终南山确实就是一个著名的隐居之地。从某种意义上说，终南山、南山就是隐居的代名词。王维《终南别业》诗中说："中岁颇

好道,晚家南山陲。"他在另一首《送别》诗中说:"下马饮君酒,问君何所之?君言不得意,归卧南山陲。但去莫复问,白云无尽时。"王维说的南山就是终南山。古人喜欢在此隐居,今天也有很多人在此隐居。我有一个佛教界的朋友,他说,据不完全统计,如今在终南山隐居的,至少有五千多人。这些人各行各业的都有,有诗人、画家、摄影爱好者,也有企业家、退休官员,既有本地的,也有外省的,还有外国人。

说到这里,齐文晋插话:"对,那个女道士景秀,我们都认识的,她来自法国,是一个医学博士,现在就在终南山隐居学道。"

南柯微笑点头,继续说道:

美国有一个汉学家和翻译家,叫比尔·波特,他一九七二年去往台湾,在一个佛教寺庙里生活了三年。三年后,他离开寺庙,隐居在一个山村里,开始着手翻译一些中国古代隐士的著作。但最终,他决定亲自去寻访中国隐士。但是他不知道哪里还能找到隐士。一九八九年,他找来朋友摄影师史蒂芬,两个人一起踏上去往终南山的路途。他在这里发现了许多隐士,并把他的寻访写成了一本书,叫《空谷幽兰》,书中称终南山是隐士的天堂。这本书早些时候由河北的百灵禅寺印出来了,很多人看过,反响很大。你们如果有兴趣,可以找来看。

终南山是一个隐居胜地,比尔·波特说它是隐士的天堂,在全中国,其实也可以称得上是隐居之"都"。我姑且用这么一个很俗的"都"字来形容。因此,在终南山下选一个合适的地方,建一个中国隐士历史和文化博物院,再建一个隐士生活体验地,根据有关文献和历史记载尽可能地复原古代一些著名隐士的生活场景,最适宜不过。

博物院的主要功能,是以实物包括文物、图片、著作以及文字,历史性地展示和介绍中国历朝历代隐士他们的生活和文化,给来宾和游客一个总体概念。配套的中国隐士生活体验地,则是选择一些有代表性的富于隐居特色的隐士,依据历史文献仿造他们的隐居处,让来宾和游客实地体验隐士生活、感受隐士文化。比如要再造陶渊明的五柳居、桃花源。造王维的辋川别业,要有"湖上一回首,青山卷白云"的"欹湖",还要有"当轩对尊酒,四面芙蓉开"的"临湖亭",有"涧户寂无人,纷纷开且落"的"辛夷坞",也有"空山不见人,但闻人语响"的"鹿柴",还有可以"独坐幽篁里,弹琴复长啸"的"竹里馆"。王维当年画有《辋川图》,原作已毁,现在有后世的摹本,可以参考。还有寒山……

讲到这里,柴一才问:"寒山是谁?"
"寒山这个人,很多人不熟悉,其实他大大有名。"南柯续续讲道:

寒山是唐代的一位诗僧,姓名不详,咸阳人,也可以说是长安人。有学者考证他生于唐开元年间,殁于大和年间,活了一百零五岁。四川大学有一位中国古典文学教授,项楚,有一本《寒山诗注》,最近由中华书局出版,收录寒山诗三百多首,是目前寒山诗研究比较权威的一本著作。寒山的诗通俗易懂,很多诗很有禅意。寒山的诗,基本上都是对他隐居地、隐居生活的描述和他以隐者的姿态对人生的感悟,这些诗都写在山中的树上和石壁上,随意写的,后来有好事者收集起来,经过整理,最初在佛寺中流传,后来又传入东土日本,上个世纪传入美国,据说在美国影响很大。美国的文学教材中,收入中国诗人诗作最多的,不是李白、杜甫这些大名家,而是寒山,甚至美国"垮掉的一代"文学的兴起,都与寒山有关。

柴一才惊讶地说;"这么厉害啊!"南柯笑着说:

我给你们讲讲寒山的故事。唐代科考非常难,寒山青年时三次科考,终于得了进士。但唐代考中了进士并不能直接做官,还要经过吏部的种种考试,包括面试,他由于长得丑,没被选上。安史之乱爆发后,寒山逃避战乱翻越秦岭,在荆州过了一段优游的生活,自称"山林人",后来辗转到山东,任了很短一段时间小吏,又归隐浙江天台山桐柏宫西南翠屏山,开始了长达三十年的农隐生活。他在天台的乡村娶妻生子,过着农耕生活。六十五岁的时候,他的农隐生活已过了三十年,因为生活贫困,妻子和儿子相继离开了人世。寒山又开始归隐寒石山寒岩修道,以期长生。在这期间,寒山与国清寺中的丰干、拾得两个和尚有很多交游,有很多禅林逸话。据说,他七十六岁的时候,还回到故乡咸阳寻访家人,但已物是人非,于是他又回到了天台山,隐居终老于寒岩。

"所以,"南柯说,"一定要去天台山实地走访一下,然后在我们的隐士生活体验地仿建一个寒山隐居的寒岩。我想,这个寒岩应该就是一个天然的石洞。"

南柯又讲了宋代和明代特别是明末清初的几位隐士代表,像冒辟疆,作为反清复明组织"复社"的骨干,他自称"巢民",要在树上结巢而居。南柯讲,南方很多地方尝试在树上构筑房子,这种形制很有意思,也有观赏性。

汪文海一直用心听着,这时问:"隐士的生活方式和他们的居住地,都有个性特色,也有文化特色。我在想,现在建这些,有什么意义?会有多少人感兴趣,想来看?"

南柯说得兴奋,站了起来,边走边说:

看?当然有人去看。中国的隐士、全世界的隐士会去看,对隐士生活和文化感兴趣的学者、文化人甚至普通人会去看,到终南山、秦岭以及到长安旅游的人也有可能去看。它极有可能成为秦岭、终南山以至长安一个著名的旅游目的地,甚至成为胜地。

清末以来,几千年的传统社会逐渐解体和崩溃,现代以来,我们一直处于一个社会巨变的大时代。

百年以来，中国社会一直走在通向一个现代国家的路上。这也许是一个比较漫长的过程。在这期间，政治制度、经济形态、文化观念、道德观念，都发生着巨变，这些巨变也每时每刻影响着我们的思想和生活方式。就以我们这一代、我们几个人为例，一才可能没有农村生活的经历，文海、文晋和我，我们都有农村生活的经历，短短的几十年，我们经历了农业文明，那种用牛犁地、用镰刀收割的农耕文明。我们小时候在农村所见的农业文明方式和生活方式，在春秋战国时代就是那样的。后来我们经历了工业文明，现在又是什么信息时代。我们经历了几个时代，我们经历的要比前人多而复杂。我们的脚步跑得很快，一日千里啊，这在传统社会是万万做不到的，陆游那种"细雨骑驴入剑门"的生活方式，很有诗意，但是今天没有人这样做了，一日千里甚至万里的生活都能做到了。我们跑得太快了，可是我们想过没有，我们的灵魂在哪里？我们的灵魂与我们的脚步是不是同步的？如果不是同步的，我们是不是需要等一等我们的灵魂？看看我们的灵魂在这个通往现代化的过程中，它已经有了什么，还需要什么，已有的东西要不要清理，是不是？

我讲这么多，绕了一个大圈子，是想说，建一个隐士博物院和隐士生活体验地,当然首先是考虑以文旅项目赚钱,因为我们有地利之便,面朝终南山。其次,也就是文海问的意义。它的社会意义、时代意义,就是我们每一个来参观、来体验的人,能感受一下,也反思一下我们几千年的历史和生活,同时思考:看了隐士的生活,我应该怎样生活?能称为隐士的,进入历代《隐逸传》《高逸传》《高士传》的,都是一个时代有文化、有思想也有独立思考的人。大众对隐士有一个误解,认为他们都是消极避世的人。其实,历史上的很多隐士,因为特殊的境遇和性情,对自己的人生进行了异乎寻常的选择,而且是主动选择,他们既是别样人生的实践者,也是生活的思考者。隐士对于世界,对于人生,对于价值,也就是我们常说的三观,都有他们独特的认识和思考。历史上那些著名的隐士,个性卓绝,有自己独特的精神世界,有的是文学家,有的是艺术家,有的是思想家,有的擅长造园,有的精通养生。他们对于生活,往往有超乎常人的思考。他们曾经面对的问题和对于问题的思考,他们对待生活的态度和对生活的思考,可能会触发参观者和体验者的某种思考。他们的美学思想包括日常生活的审美趣味,对于今天的我们也有一定的借鉴意义。当然，一般而言，隐士生活是脱离常态的生活，但是，不管来客怎样评价和看待隐士的生活，肯定或者否定，或者半肯定半否定，他们总会生出一些关于生活的问题，也可能会思考自己的生活。所以说，意义之二，就是让来客在这里通过参观和体验，反思灵魂，进一步思考生活。

还有，隐士生活和文化，主要是传统农耕文明的产物，这种生活和文化，特别是隐士居处地的审美化构筑，与农民、农村、农业有内在而密切的关联，所以，这个项目也可以与现代农村建设和现代农业发展结合起来，一起打造。中国隐士的生活方式和居处地，是中国美学的一个重要组成部分，集中体现了中国古代文人的审美理想，中国人接受它并喜欢它，也许对现代农村建设和现代农业发展能提供某种借鉴。这也是一个很重大的意义。

听完南柯的长篇大论，几个人都沉默了一会儿。

齐文晋起来走了走，说："我觉得，这个项目很有价值。"

柴一才说："我也觉得好。有意思，也好玩。文海，你可以从实施的角度谋划谋划。"

汪文海一直抱着两臂仰着头，这时说："我觉得是有价值。我再想想。"他起来转了几圈,对南柯说,"唉,你说了半天,这个项目真要实施,你可得参与啊。"

南柯呵呵一笑:"那好啊。需要我做什么,尽管说。"

齐文晋说:"你对隐士素有兴趣,也有研究,博物院和体验地建设,你都得亲自参与。我也毛遂自荐,到时候当个顾问什么的。"

汪文海说:"南柯,这个项目你不仅要参与,还得负责,至少负责一个方面。"

南柯说:"我就当个参谋。从学术角度把握,可能不会有大错。具体负责嘛,唉,我倒想,如果可能,再建一个书院,就叫南山书院,我在书院当个山长,负责讲学,讲中国隐士的生活和文化,也请海内外学者、艺术家来讲学。长安还是中国书院的发源地嘛。"

齐文晋说:"这个想法好,办个书院好。"

柴一才说:"南柯,你干脆把你那个研究院的工作辞了,专职当书院山长。"

"怎么样?南柯,真需要你的时候,你能来吗?"汪文海也接着问。

南柯回答:"唉,如今我在研究院,其实也没有什么工作可干。研究嘛,那是我自己的事,一直在做研究。编刊物嘛,现在新来的主编乾纲独断,没有了三审制,稿子都是主编一人编的,没有大家的事,我呢,也乐得逍遥，不闻不问。到需要我做什么的时候，也不一定辞职，反正我是个自由人，来了就是。"

齐文晋追问道："怎么，你说你不编刊物了？新来的主编是塞上学院那个敬其礼吧，听说是突然调来的，坊间是有些纷纷传言呢。"

南柯叹气："一言难尽，这个不谈，不谈了。"

汪文海说："不知不觉天也黑了，我请各位去吃饭。去望山楼，吃海鲜。"

出门的时候，汪文海又叮嘱南柯等人，今天咱们谈的，有商业价值，也是商业机密，各位都要保密，不要外传。几个人说，知道知道，放心吧。

# 第八章

南柯早上刚起来,就接到一个电话,是《河西日报》副刊编辑打来的,说要组织一个整版篇幅关于电影《英雄》的评论,请他早上十一点到曲江电影院看电影,十点钟有车来接他。南柯说那么早啊!对方说,因为下雪,怕路上滑,早点接不误事。南柯说,下雪了啊?对方说,你不知道吗,看来你是刚从被窝爬起来吧?南柯笑笑说,那好吧。

南柯就到窗前看雪。雪下得还很大,院子里的草坪上已经落了厚厚一层,白茫茫一片。

洗漱完毕,南柯冲了半碗油茶,从冰箱里取出一块面包,正吃着,手机又响了,接他的车已经到了小区门口。

南柯匆匆下楼,坐上车,司机很小心地开着。南柯虽然主要研究的是唐代文学，但他兴趣比较杂，常写些散文随笔；时不时受人所托，还写点文艺方面的小评论，有点虚名，因此，省内报纸在组织一些应景性的文章时，也常常把他拉上。南柯对这些小文章自然并不看重，但他生活在一个人情关系的社会，此类邀约也不好断然拒绝，所以在不忙的时候，他也应约写一些时文。给《英雄》写评论他当然不热心，他热心的是看这个电影。《英雄》近来炒作得很厉害，票很难买，如今有人免费请欣赏，还有车接车送，何乐而不为呢？

上了二环，南柯给兰湘婷打手机，想联系一下，连打几遍，都是"你所拨打的电话无法接通"。他很纳闷，为什么打不通呢？

看罢《英雄》，南柯觉得，这部电影虽然没有宣传的那么好，也有一些不尽如人意之处，但也有它的特点。他已经想好了怎么写这篇文章。出了曲江电影院的门，雪仍然很大。一同来看电影的一个年轻作家跟他一起出门，这位作家说，他感于风雪，作了一首词，请南柯哂正。作家把他的手机给了南柯，这首词原来储存在手机上。南柯扫了一眼，看见有一句是"雪落思佳人"，就说有点意思，把手机还给了作家。作家与他分手后，他又想起了兰湘婷。"雪落思佳人"，自己是不是也受到了感染？雪落为什么要思佳人呢？雪和佳人之间有什么心理联系吗？南柯这么想着，又给兰湘婷打手机。结果仍然打不通。

接他来的司机问他回不回？他说还有点事要办，请司机先回去。此时是中午一点多，南柯踌躇着不知去向何处。想了想还是去单位吧，这里离单位很近。快到单位门口的时候，他的手机响了。是如忆打来的。如忆问他是否在家？南柯说他在外面，不过正准备回去。如忆就说，她在单位值班。南柯问，值什么班呢？如忆说，主要是接电话。南柯说，你一个人吗？如忆说，是的。南柯说，我去陪你好吗？如忆说，好的。南柯乘了一辆出租车，到了香雪园，找到如忆值班的地方。

如忆看见他，笑了笑。南柯坐在如忆对面。如忆穿了一件白色的毛皮大衣，映得她的脸很白很亮。南柯说，你穿这件衣服很好看。如忆笑笑，没有说话。南柯一时不知说什么好，也对着如忆笑。

静了一会儿，南柯找了些话题与她闲聊。拉拉家常，说说单位里的事，也就没有什么可说的了。又静了一会儿。南柯一时找不到话题，就看这个值班室里的布置。如忆坐在对面，似乎在等着他说话。南柯就又说自己，说自己这几年的研究情况，说周围朋友的一些趣事。没有目的，没有方向，就这么漫无边际地扯着。快四点的时候，如忆说她要回去了。南柯说，这么早就回呀？如忆说，回去要给他们两个做饭呢。如忆不说丈夫和女儿，而说"他们两个"，南柯知道，她这是有意回避一些东西。南柯问：他对你好吗？如忆停顿了一下，笑笑，说：好，挺好的。南柯"噢"了一声，没再说什么。沉默了一会儿，如忆又漫不经心地说了一句：他对孩子不好，经常打孩子，还骂，骂得很难听，说"你怎么不死"。南柯吃惊地看着她，说，哦，这怎么可能呢？如忆看着窗外，不说话。

出了门，雪小了，路上积了厚厚一层雪。南柯对如忆说，我送你吧？如忆说，不用。两个人就来到路边的车站。如忆对南柯说，你回吧。南柯说，不要紧，陪你一会儿。如忆看着南柯微微一笑。过了一会儿，车来了，如忆上车走了，南柯也回到家。

他坐在桌旁发了一会儿愣，然后顺手拿起桌上的一本书，翻了起来。这是一个台湾学者的论文集，书名叫《纵欲与虚无之上》。书中一篇题为《"我总是活在表层上"：谈思想家伯林》的文章吸引了他。他就看了下去。读到伯林的"价值多元论"思想，南柯有一点豁然开朗的感觉。面对这个多元的世界，文化多元，价值多元，生活形态多元，南柯时常感到很困惑：在这个多元的世界里究竟应该选择什么？伯林认为：人类所追求的价值，尤其是终极性价值和目标，不仅众多，而且互相冲突，甚至难以共存，并且由于缺乏一个共通的衡量尺度，因而无法在其间比较高下，排出先后顺序。在此情境下，追求价值与理想，必须要靠选择；而对价值作认定和选择，不仅无法有理性的标准提供完整的理由，并且选择某项价值，往往表示必须放弃其他的价值。生命永远有缺憾偏废，缺憾代表着无法消解的冲突和割舍。伯林以"悲剧"来称这种情况。

看了一会儿书，南柯泡了两包酸辣米线，算是吃了晚饭。看新闻联播时，南柯才想起，原来今天是平安夜，明天就是圣诞节了。近些年来，长安与全国其他城市一样，慢慢地兴起了过洋节。在南柯的印象里，情人节和圣诞节似乎最为热闹，城墙圈里的大街上常常是人如潮涌，其摩肩接踵的情景与古时的看灯会、闹元宵相比，有过之而无不及。当然，主要是青年人。

兰湘婷现在干什么呢？南柯又想起了她。有过一次肌肤相亲，南柯感觉无论是心里还是身体，都会情不自禁地想她。他给她打手机，还是没有开机。晚上十点半的时候，终于打通了，兰湘婷说了一句"手机没电了"，就断线了，然后再也打不通。真是手机没电了还是不想接、不便接呢？南柯很疑惑。十一点的时候，南柯忽然想起他的手机里存有柳晴的手机号码，那天在真爱唱歌出来时，他用柳晴的手机给自己的手机打过电话。他在已接来电中寻找,很快就找到了柳晴的手机号码。打过去,柳晴接了。他问:你在哪里?柳晴说:我在宿舍。兰湘婷呢?她去小蓝鲸弹琴去了。晚上回来吗?回来的,可能马上就回来了。回来让她给我打个电话好吗?好的。祝你平安夜愉快!谢谢,也祝你愉快。

可是,兰湘婷一直没有打来电话。快一点的时候,南柯又打电话给柳晴,问兰湘婷回来了没有?柳晴说还没回来,不知是怎么搞的。

南柯想,这么晚还没有回去,那今夜肯定是不回去了。不回去干什么呢?弹琴早该弹完了。跟谁在一起呢?是她的男朋友,还是那个休闲会馆的老板呢?南柯隐隐记得,兰湘婷跟他说过,那个老板几次说要请她喝酒,喝洋酒,现在的老板请姑娘喝酒,有几个是醉翁之意在于酒的?南柯同时也觉得,这个兰湘婷虽然小小年纪,却也不简单呢。

次日起来,南柯拿起电话与兰湘婷联系,仍未联系上。

傍晚的时候,终于联系上了。问她在哪里?兰湘婷说她在学校。南柯说,一起吃饭吧?兰湘婷说,晚上要去弹琴,马上就要走了。南柯说,那我晚上去接你吧。兰湘婷说,你方便吗?南柯说方便。

晚上,南柯按约定的时间到了小蓝鲸门口。兰湘婷还未出来，外面很冷，飘着雪花，南柯就进去了。他看见兰湘婷正在与一个男子算账，他就坐在了一边。兰湘婷弹琴是弹一次结算一次，可能因为今天是圣诞节，要多加一点报酬，两个人为报酬多少在讨论。南柯坐了一下，就出来了。

兰湘婷出来，两人上了出租车。兰湘婷说她下午时间太紧没有吃好饭，现在有点饿。南柯说，那就先吃饭吧。已经是晚上十点了，街旁的饭馆都关门了。小吃街倒没有关门，但兰湘婷不喜欢长安小吃，两人就来到东大街一家肯德基。兰湘婷点了一个套餐，南柯付了钱，两人上了楼。南柯不吃，他看着兰湘婷吃。他说：好几天没见你了，很想你！兰湘婷一边吃鸡翅，一边抬眼看了他一下。南柯注意到，她那好看的嘴唇油乎乎的。是吗？兰湘婷喝果汁时问了他一句。南柯笑笑，说：昨天晚上一直跟你联系，联系不上。兰湘婷说：手机没电了。也没回去。是的，和我男朋友在一起。南柯没有说话，他扭头看一边，旁边有一对情侣很亲热地说着话。

出了肯德基店，外面的雪几乎不下了，只有零星的雪花在灯光的映照下翩翩起舞。南柯问：回去吗？兰湘婷看看街上，行人还很多，说：转转吧。两人就往钟楼方向走。走着走着，两人的手就牵上了。南柯接触了兰湘婷的手，那种亲切的感觉就回来了。路过炭市街跳蚤市场时，兰湘婷说进去看看。南柯其实是不喜欢逛这种地方的，但兰湘婷喜欢，也就跟着去了。兰湘婷看上了一款手机套，上面缀着小动物，她拿着问南柯：好看吗？南柯说：还不错。兰湘婷就问摊主：多少钱？摊主说：十五元。兰湘婷还价：八块。摊主说：八块拿不走。南柯说：那就十块吧。摊主点点头。南柯付了钱，兰湘婷把手机装进新手机套，显得很高兴。

两人走到钟楼，又走到南门，才坐上出租车回去。南柯把兰湘婷送到校门口，与她分了手。

## 第 九 章

公历一年将尽,这一天,南柯早上很晚才醒来。看看表,已近十点。一醒来,意识中出现的第一个人,就是兰湘婷。几乎是一睁眼,他就想起了她。他又闭上眼,再一次温习兰湘婷给他的感受。吐气如兰的气息,整齐而洁白的牙齿,红润细嫩、弯曲有致、美丽动人的嘴唇,一双幽幽的媚人的眼睛。清瘦的脸。瘦弱得让人怜惜的身子。

想起兰湘婷,南柯心里有些痛。这种痛感遥远而陌生,却又切身刺骨。

为什么会痛?是因为爱而痛吗?南柯问自己。到了这个年龄,居然心里还会因爱而痛,南柯对自己有些吃惊,也有些困惑。

辗转反侧约半个小时,南柯终于起来了。

他知道，今天还有一些紧要的事要办。

打开窗，一股冷风扑面而来。很冷。阴沉的天空飘着细碎的雪花。

刷牙的时候，门铃响了。南柯匆匆刷罢牙，穿好衣服，开门一看，是堂弟。把堂弟让进门，堂弟开门见山说，他想让南柯帮他弄一张大专学历文凭。堂弟说他现在一家房地产公司做工地监理，急需一张大专学历文凭。南柯说，急用的话，弄一张假的容易，街上到处都是办证的，花一点钱就可以买一个，问题是经不起查，你拿着心里也不踏实；要真的文凭，就必须到一个相关的学校读上几年书，不入学，真文凭是拿不到的。堂弟踌躇了一会儿，说，那就上学吧。南柯让堂弟等他的消息，他说问问大学里的朋友再说。

送走堂弟，南柯喝了一袋豆浆，吃了两块面包，就匆匆出门。他先去物业公司买电，不买电今晚恐怕要摸黑了。买完电，他去订报，《长安晚报》的朋友送他一张订报卡，今天是今年的最后一天，再不订就赶不上了。订罢报，出了报纸发行站的大门，他一时不知去向哪里。给秦汉出版社的孟齐打电话，孟齐说书的手续还没有办好，要他继续等。南柯想在年内办完书的手续，春节前印出书，春节期间趁访朋问友之际送上新书，现在看来希望真是很渺茫了，因为距春节只剩下一个月，时间没有多少了。他叹了口气。

走到街上的一个车站旁，南柯在站牌下踌躇了一会儿。想去买《白色婚纱》影碟，他记得齐文晋说过这部片子很好，而且是表现师生恋的。又一想，最近出去太多，没有好好在家待过，应该回去。回去，还是出去？他犹豫了很长一段时间，最后还是走了回去。

南柯前几天没有回家。他以专家身份应长安师范学院文学院之邀，在八里村宾馆参加了三天的唐代文学研究成果评奖会。南柯与秦钟住一个房间，秦钟现在是长安师院文学院的副院长。两人一直是好朋友，臭味相投，住在一起为的是便于聊天。三天会，只有最后一个下午是集中评议和投票，其他两天半都是在房间里看材料。南柯与秦钟在一起，看材料的时间不多，更多的时间是在闲扯。头一天中午，南柯就忍不住地给秦钟说他现在有了一个女朋友，是一个正在读书的大学生。秦钟问是哪所学校的？南柯一说，秦钟就嚷道：离这里很近嘛，叫来叫来，叫她再带一个同学来。南柯说怕影响不好，秦钟说，怕什么呀，我给你打掩护。中午吃饭时，南柯就把兰湘婷叫了过来，柳晴自然也跟着来了。吃饭时，秦钟不断招呼兰湘婷两人，显得是老朋友的样子，同桌的人也就没有太在意。饭罢，四个人一起到房间坐。兰湘婷说她和柳晴下午要考试，由于是单个考，柳晴在前，她在后，时间在四五点。南柯就说，还早呢，咱们聊一会儿，你们如果累了，休息一会儿再走也不迟。兰湘婷靠在南柯的床上，南柯笑着倚住了她，两人相拥而躺，兰湘婷也不拒绝。秦钟请柳晴倚在他的床上，要柳晴放松了休息，说他虽然也想学南柯的样子但还不敢造次，柳晴笑笑不说什么。秦钟坐在旁边的沙发椅上，有一搭没一搭地没话找话。兰湘婷后来完全躺下了，南柯搂着她，看她闭眼而眠的样子很娇俏。

两人走后，秦钟露出艳羡的神情说："你的那个女朋友真的很不错，虽然不是很漂亮，但很媚人又很乖巧。"

南柯说："我现在真是喜欢上了这个女孩，但她这么小，只有二十一岁，我觉得有些不安，甚至还有一点犯罪感。"停了一下又说，"但不知怎么的，我现在就是喜欢年轻的女孩，觉得年轻的生命特别美。是不是我们老了？"

秦钟默然了一会儿，说："这其实很正常，男人——大男人或老男人喜欢上年轻姑娘，甚至爱得昏天黑地，这本来是人性的最正常的现象。谁不喜欢年轻的生命啊？不喜欢才不正常呢。"

"问题是，"南柯沉思着说，"道德不允许啊。"

"现在这个社会，谁管你呢？而且，二十一岁已经是成人了，有判断能力了，再说我看她也喜欢你，怕什么?你又不犯法。"秦钟似乎在为南柯的行为寻找合理的依据。

南柯说:"齐文晋说他也有些许的不安,主要觉得他是为人师表的,我说,你是老师,我可不是什么老师啊,我是自由人,但无论如何,毕竟是为师一辈的,心里还是不能坦然。"

秦钟说:"什么事情,你要认真地去想,就会想出问题;不想,也就没有问题了。现在是一个做的时代而不是想的时代,传统道德也在这个转型的时代进行着更新,没有人议论你这样做是该还是不该,你何必自寻烦恼呢?"

"不是自寻烦恼,"南柯说,"我们毕竟是知识分子,凡事总要想个为什么,做事总要寻找一个合理的依据。"

秦钟笑着说:"既然这样,那你就放弃得了。"

南柯说:"现在是放弃不了了啊。"

秦钟说:"那你这是爱情了?"

南柯说:"不是爱情又会是什么呢?"

现在,南柯回到家里,又想起了他与秦钟的讨论。他觉得他可能真是爱上兰湘婷了。不然,为什么会这么想——或者说叫思念她?

翻了一会儿书,听了一阵子音乐,他走到窗前。外面的雪又大了起来。

兰湘婷在干什么呢?他给她打电话,问她在哪里?

兰湘婷说她在街上，问跟谁？兰湘婷说跟男朋友。

放下电话，南柯失神了好一会儿，心里有点堵，有点伤感。他觉得他能理解兰湘婷，也不认为她做得不对，尽管如此，为什么还要伤感呢？

在窗前看了好一阵雪花，他思绪翻腾，想写诗，抒发一下感怀。但思想乱纷纷的，理不出头绪，末了，只想出两句，他给兰湘婷发了过去。

这两句是：

人生伤心知几何，雪碎长天片片落。

过了一会儿，他收到兰湘婷发来的短信：不要多想，好好玩吧。仿佛是一个大人在劝一个小孩。

晚上，牙生华打来电话，问他在干什么？他说没有干什么。牙生华说，去荞麦园吧，老板打电话让过去提前庆贺新年呢。南柯这才想起，荞麦园老板昨天就给他打过电话，邀他今天下午过去聚会。南柯说好吧。牙生华就开车过来接他，两人去了荞麦园。

荞麦园宾朋满座。南柯两人进去，老板见了，极热情地招呼。吃过饭，许多人走了，老板又邀请南柯几人上三楼歌厅唱歌。牙生华想唱歌，南柯无所谓，两人就上去了。唱歌的时候，南柯想，要是兰湘婷在就好了。

# 第 十 章

下午无事,南柯溜到东门古玩城闲转。他正在一个熟人的店里翻看旧书,接到如忆给他打的电话,问他在什么地方?南柯说,我在东门,古玩市场。如忆说,巧了,我正好到东门一家银行办事,事情早早办完了。南柯就说,好啊,我也是闲转。就约如忆见面。

两人约好在东门的一个城门洞里见。

出了古玩城,地上一片白,天空飘着雪花。南柯刚到城门洞,就看见了如忆,穿着一件深色的棉衣,围着红围巾,从雪中走来。见了南柯,如忆两只手焐着脸,笑着说,下雪了,真好。

南柯两手插在裤兜里,说,喜欢下雪啊。又问去哪里?如忆搓着手说,你定吧。南柯看了看周围,说,去东门中学看看?如忆想了想,笑着说,好。

两个人就又向东走。南柯要走大街，如忆说，走小巷子吧，当年我上学，走的就是小巷子，那里路近。两人又拐进了小巷里。小巷人少，如忆一边走一边指点着路边的人家和店铺，讲一些细碎的往事。路上雪不厚，却有些滑，如忆闪了一下，南柯赶紧扶住，然后轻轻挽起她的胳膊，笑着问，可以吗？如忆没有说什么，两人互相挽着，继续走路。路过一个小小的寺院门口，南柯说，这个罔极寺，我过去每次走过，都要想这个寺的名字，为什么起这个名字？"罔极"的"罔"，我总想着是"迷惘"的"惘"，是迷惘极了的意思，因为迷惘极了，才要到这里来寻求悟觉。如忆问，罔极本来的意思是什么？南柯说，罔极就是无极，是无边、无穷尽的意思，这个寺院是唐代太平公主为母后武则天祈福修建的皇家寺院，寺名是从《诗经》中的"欲报以德，昊天罔极"诗句取来的，意思是表达子女对父母无限的孝思。如忆听了，"哦"了一声，说，我从这里走过多少次，从来没有注意过这个寺名。

又走了一会儿，就到了东门中学。学校放假了，大门关着。传达室坐着一个老头，正在打瞌睡。南柯敲了敲窗户，老头睁开眼，问他啥事？南柯说想进去看看，老头说放假了，不让进。南柯说他曾经在这里当过老师，路过这里，就想进去看看。老头闭上眼睛不理他。

南柯到旁边小卖部买了两包烟，放进传达室的桌上，老头瞧了一眼，然后说，我怎么没有见过你？南柯说，早了，我在这里当老师时间早了。老头问如忆是谁？南柯看了一眼如忆，说，我妻子，我们一起进去看看我工作过的地方。老头让进了。

南柯就拉着如忆的手进了学校。这个学校是一个老学校，民国时期是一个基督教会办的女子中学，中西结合建筑，房屋之间处处是花园。此时雪大了，漫天的雪花纷纷扬扬落在校园里，无人的校园显得极其寂静。两个人踩着雪一边走，一边像是寻找过去的足迹。

走到当年教过书的一班的教室门口，南柯伫立了很久。旁边的教室，就是如忆当年学习过的二班的教室，如忆从窗户往里看，试图寻找她当年的座位。南柯还试图寻找当年那块碎了玻璃的窗户，已经找不见了。但他还能依稀记得当年的大概位置，他寻找着、感觉着，最后指着一个窗户说，如忆，应该就是这个窗户，我实习结束后，再来找你，就是从这里望见你的。如忆过来也看了看。南柯说，如果当时没有看见你，也就没有了后来。他又说，看见你，当时我心里就认定，一定是天意。如忆笑了笑，没有说什么。

两人又看了门前的丁香树，树还在，只是已经落尽了叶子。如忆站在丁香树前，恍惚间，南柯眼前出现当年那个如忆，那是一个苗条的、清纯的如忆。那一刻，他一惊，心里忽然冒出"岁月无情"这个词。他觉得，他从来没有像现在这样深刻地理解了什么是"无情"。

两人又走到后来见面的操场。这里很空旷，一股风卷来，雪花扑了他们一身。

如忆看着当年南柯走过来的方向，说："当时，我感觉你是来找我的。"

南柯说："是吗？我也想，你到操场来，是来找我的。"

"当时，你为什么匆匆又走了？"如忆问。

南柯说："怕打搅了你。我当时没敢奢望啊，那时能跟你多说一句话，我觉得都是极其奢侈的事情。"

如忆低下头，用脚在地上踩雪，"你实习离开以后，我感觉你还会来找我的。"

南柯听了这话，感觉人与人之间确实有一种心灵感应，所谓"心有灵犀一点通"。

两人挽着手出了校门。雪还在下着。

在校园里徘徊了快一个小时，出校门时，两个人都停住脚步，回头望着雪中的校园。南柯很感慨，轻轻地说："昔我往矣，杨柳依依。今我来思，雨雪霏霏。"

如忆看他。他说，《诗经》中的句子，用到这里恰好。

出校门时，向老头打了招呼，老头说，常回来看看啊。两个人挥挥手，笑着走了。

雪小了。南柯问去哪里？如忆说，你说吧。南柯看看周围，说，看电影去吧，这里离东门电影院很近。如忆点点头。

东门电影院演的是《花样年华》，时间刚好，南柯买了票，两人进了放映厅。偌大的电影院里边，几乎没人，南柯数了一下，只有四对，散坐在空荡荡的大厅里。他和如忆选了一个靠后靠近角落的位子坐下了。坐下后，两个人的手碰了一下，南柯就握住了如忆的手，他看了看如忆，如忆向他笑了笑，握紧了他的手。

电影开始了，梁朝伟饰演的男主角和张曼玉饰演的女主角开始了他们的故事。南柯看着，心思也游转着，往事和现实，与电影的情境混杂在一起，他的注意力不是太集中。他悄悄看了看如忆，如忆注意到了，也看他，暗影中，南柯可以看到如忆亮亮的眼睛。不知看了电影的什么情景，如忆忽然把南柯的手放在了胸口，眼睛却看着银幕。隔着厚厚的衣服，南柯依然能感受到她胸膛的起伏。

看完电影，天色已晚，南柯要请如忆吃饭，如忆说，得回去了。南柯就叫了一辆出租车，送她回家。路上，如忆说要回她母亲家，南柯没有多问。车子到了一个路口，如忆让停车。两个人下来，如忆看着南柯，忽然说："我想让你去我家。"南柯有些愕然，不知她是什么意思。很快，如忆又说："以后吧，你想想。"

雪又开始下了。天色更暗了。两个人站在街口，行人和汽车从他们身边匆匆而过。

如忆转身走了。走了几步，回头又向他挥了挥手。

南柯看着如忆渐行渐远的背影，心里还想着如忆让他去她家的话。

南柯准备走着回家。在雪地上走了很久，他才恍然明白如忆那个话的意思。他笑了笑，问自己：要去吗？

# 第 十 一 章

这天早上,南柯刚起来,就收到兰湘婷的一条短信:

如果一片树叶代表快乐,我送你一片树林;如果一滴水代表祝福,我送你一个东海;如果一颗流星代表一份幸福,我送你一条银河。祝你元旦快乐!

南柯看罢,心里笑。南柯觉得兰湘婷发的这条短信内容是不错,但他认为这不可能是兰湘婷自己写的,她没有这么好的文字表达,这是从别处转发来的或是从网上下载的。此类批发性的美言,是当今的一个时髦,但由于是批发的,不是发信者个人创造的,自然也不是发信者内心的话,所以语词本身已经丧失了它们本来所承载的信息,只具有部分意义或仅仅只是一种礼节性的表达。

南柯想给兰湘婷发这样一句话：不要批发的东西，我要的是真实的感受，哪怕只是一点点。想了想，还是没有发。

吃罢早点，他已经想好了给兰湘婷的短信内容：

没有期望你给我一片树林，有一片绿叶我就很知足；不敢奢望你能给我一个东海，我企求的只是一滴水；从来没有想过拥有银河，一颗流星的光亮就足以使我炫目。

他觉得这是他真实的内心所想。

输到手机上，他又推敲了一遍，觉得还是恰切的，就发了过去。

他听了一会儿古琴曲。听着音乐，他想，人不能太闲，太闲了找不到自己；人也不能太忙，太忙又丢失了自己。

这一天，他在家临了一会儿米芾的《蜀素帖》，在中国书法中，他最喜欢这个《蜀素帖》，闲了总要临上一会儿。临罢，又在书案上写字。

先以米体的感觉写了一幅："偶来松树下，高枕石头眠。山中无历日，寒尽不知年。"这首诗，一说是宋代李膺的诗,诗题为《隐逸》;另一说是唐代的隐士,自称太上隐者写的,其人生平不详,诗题为《答人》。南柯研究唐代,又喜欢隐士,就写:"唐太上隐者诗,南柯书。"

又写了一幅:"山中何所有,岭上多白云。只可自怡悦,不可持赠君。南北朝陶弘景《诏问山中何所有赋诗以答》。"

晚上,齐文晋给南柯打来电话,问他干什么,南柯说,整日在家,无非是读书写字。齐文晋说,过来吧,她们在这儿,叫你来玩呢。南柯正在犹豫,兰湘婷拿过电话,问他:干吗呢?南柯说没干吗。兰湘婷说:过来吧。南柯说好吧。就坐出租车到了齐文晋家。

几个人看了一会儿电视,玩了一会儿扑克牌,看看时间已到了十一点。柳晴说,我们该回了,再晚了就进不去宿舍门了。齐文晋说,一定要回吗?柳晴说,不回不行,班主任批评呢。南柯与兰湘婷紧紧坐在一起,感觉正好,就挽留说:不回了吧?还是元旦之夜,不回也可以理解,学校哪能管得这么严?柳晴就说,回是要回的,再坐十分钟。过了十分钟,柳晴要走,兰湘婷也要起来,南柯拦腰抱住,不让走。兰湘婷娇声对柳晴喊:娘子——快来救我!柳晴站在一旁冷静地看着,不说话。

南柯对兰湘婷说:"你能不能不走?"

兰湘婷看着柳晴说:"不行的。"

"这点牺牲都作不出来吗?"南柯再问。

兰湘婷依然娇声说:"不行,我要回去。"

南柯就放了兰湘婷。

两人走后,南柯与齐文晋坐在长沙发上,相对沉默了一会儿。

看着南柯消极的样子,齐文晋说:"她们确实是不回也不行,她们学校宿舍管理特别严,特别是对女孩子。"

南柯说:"我能理解。问题是,当一个人需要另一个人的时候——心理、感情上非常需要的时候,作为朋友,或者就说是爱人吧,我觉得,是可以不走的。要是我,天大的事也不走!"齐文晋说:"你是特别重感情的,这我知道。"

南柯接着说:"再者,我实际也是在看她能不能为我牺牲点什么,并且能牺牲到什么程度。友谊也好,爱情也好,其实都是要付出的,都是要牺牲自己的一些东西的。如果一个人不能为你牺牲自己的一点东西,甚至是一点点很容易做到的东西,那这个人还值得你为他付出吗?"他笑了笑,"其实,从看她的牺牲中,我也在考量我可以为她牺牲到什么程度。俗话说,滴水之恩,当以涌泉相报,问题是先要有滴水之恩,然后才可能有涌泉相报。我觉得我是有牺牲精神的。"齐文晋点点头,南柯继续说,"我愿意为朋友、为我所爱的人作出牺牲,如果牺牲有所值的话。但如果对方一毛不拔，一味的牺牲岂不是成了无谓的牺牲，自己则成了一个傻瓜蛋？"

齐文晋说："你说的关于牺牲的话很有道理。这个问题我以前没有想过。是的，一个人能为另一个人作出牺牲，那也可能换来另一个人的牺牲回报。"

南柯说："牺牲也罢，回报也罢，并不是等价交换，而是一种心理感觉，是良心。"

齐文晋点点头："不过，从我这个旁观者角度看，你对兰湘婷的感情显得很投入？"

南柯说："不瞒你说，我对她是动了真心的。我的性格你也知道，不爱则已，爱了就很投入。"

齐文晋说："我对你这么有激情也感到很吃惊。不过，我觉得，人处于激情状态，时间很难持久。我这个人是来得慢去得也慢，细水长流。"

南柯问："柳晴对你如何？"

齐文晋说："我跟她本来也没有想那么快。"他笑了笑，"但那天晚上受你的感染，看你抱着兰湘婷进里屋去，人是很容易受感染而学样的，特别是像我们这样成双成对的，也不甘落后，我们在沙发上坐了一会儿，也进去了。"齐文晋没有说后来的细节，只是说柳晴人很不错，对他也动了情，在问了他的婚姻现状后，问他有什么长远的打算。

"你怎么说?"南柯问他。

齐文晋说:"我当然不能对她承诺什么。"

南柯说:"我觉得你的婚姻实际已经死亡了,何不快快了断呢?"

齐文晋笑笑说:"我觉得这样也好,不急。再说,我已经离了一次婚了,还敢再离一次婚吗?就这样,已经遭到许多人的谴责了,甚至有的朋友因此而和我分手了。这你是知道的。"

南柯说:"你不要管别人怎么说,婚姻是自己的事,幸福与否只有自己知道,真正的痛苦也只有自己知道,关键要看你的感受,别人怎么知道你的难处、苦处?你是为自己活,还是为别人活?"

齐文晋说:"话是这么说,但人言可畏、人皮难披呀!"

南柯说:"你性格中有过多犹豫的成分,当断不断,反受其乱。要我看,柳晴既然向你提出了婚姻要求,我觉得这个女孩很不错,漂亮,也很宽厚,懂得生活,是很合适的。"

齐文晋说:"我怎么能呢?怎么敢呢?不是我不想,而是我不能想、不敢想呀!柳晴问过我'难道我还不能促使你作出决断吗?'我也是以这样的话回答的。我说,即使你同意了,你妈妈会同意吗?她能接受我这样离过两次婚而且年龄又大这么多的人吗?"

南柯想想也是。爱情是两个人的事，但婚姻却是家庭的事甚至家族的事，婚姻远比爱情复杂。

齐文晋说:"那一晚，我曾问她，你知道我这样吻你，内心是什么感受吗？她说，不知道。我说，是贪婪。是的，是贪婪啊!"

南柯很能理解齐文晋所说的贪婪是什么意思。他沉默了一会儿，说:"我能理解。"

说到兰湘婷的态度，南柯说，她刚好与柳晴相反，她不想过早地决定自己，她还想看世界。

齐文晋说，两个人的态度不同，与她们的处境和心境有关。柳晴最近受到爱情的挫折，对生活有了新的看法。她谈了一个男朋友，在体育学院上学，我一听就知道这样的小男生感情不会太细腻，果然这个人很粗鲁，柳晴很受不了，因此柳晴现在愿意找年龄大的人。他感慨地说:"前两天还有一个朋友对我说，四十岁左右的男人现在炙手可热。确实，有许多女孩不愿找同龄人，而愿意找年龄大的男人，觉得他们成熟，会体贴人，当然也考虑到了经济条件、社会地位等因素。不过，跟柳晴，我还是不敢想。"

"走着看吧。"说到这里，南柯转了话题，"柴一才这两天在干什么?"

# 第十二章

新年这一天,柴一才倍感无聊。早上他到店里看了一下,人不多,也没有多待,就回来了。连续约了两个认识不浅也不深的女孩,人家都说有事,今天不能陪他。他一个人吃过午饭,无滋无味的,觉得这个新年太过冷清。拿起当天的报纸刚看了一页,手机响了,接起一听,是田小春。

"喂,是柴总吗?我是小春呀。"

"什么柴总?听着多生分!叫名字。"

"噢,好吧。一才呀,你在哪里呀?"

"我在家。"

"干吗呢?"

"没干吗。"

"噢,是这样,我现在遇到一点小麻烦,看你能不能帮上忙?"

"说吧,什么事?"

"是这样,我们院里要选两个护士到青岛学习一年,回来后有可能调换工作。你知道,我一直不想干护士,护士太累。决定这件事的是我们院长,现在有十几个女孩在竞争这个机会,院长平时对我还不错——哦,院长是一个女的,五十出头吧,所以这件事我还是有一定的希望。但现在办事都要给人送礼,我想来想去,朋友也给我出点子,说是给院长送名人字画最好,送其他的都不合适。我现在想买一幅名人的字,但人说现在到处都是假的,价钱又标得特别生猛,吓死人了。我知道,你认识的名人很多,听你说,你收藏有名人字画,能不能给我一张,需要多少钱就是多少钱。回头我一定好好谢你。"

"不是钱的问题,问题是,我手头的名人字画倒是有几张,不过那上边都写着我的名字,是那些名人写好、画好送我的,送人就不合适了。"

"那你能不能帮我向蒙养正求一幅字?求你了!你不是跟那个叫南——南什么的认识吗?噢,对了,就是我上次见过的那个文人,听说他跟蒙养正关系很铁。通过南,向蒙养正求一张。"

柴一才迟疑了一会儿,说:"我这里正好就有一张蒙养正的字,没有题别人的名字。"

"噢,太好了!太好了!我真不知道怎么谢你!请你吃饭吧?"

柴一才心想,什么时候能轮到你请我吃饭?我想吃饭吗?我想吃你!

但他没有说,只是淡淡地说:"那你什么时候来拿吧。"

"我下午六点去行吗?"

柴一才心想,你六点来,刚坐一会,就要走,跟我待不了多长时间。就说:"你最好现在就来,我怕六点那会儿店里有什么事。今天店里人特别多。"

"好吧,那我现在就来了噢!对了,是安居小区吗,几单元几号来着?好,我记住了。"

放下电话,柴一才有些心旌飘摇。说实在的,他有一段时间没沾女人了,确实有些饥渴难捺。前一阵子还可以找一找小姐,以应不时之需。但最近听说正在严打,弄得他缩着头不敢出去。他是个胆小的人。换句话说,他多少也是一个有点身份的人,既不想交作为嫖客的罚款,也不想丢那个人。

呆了一会儿,柴一才从沙发上爬起,先给田小春准备字。他是有一幅蒙养正的字,那是过去托南柯求来准备送给一个工商局头头的,求其办事,事情后来有了变化，这个人不用求了，他就把这幅字压着没送。这幅字原来是题着受字者的名字的，但柴一才清楚地记得，名字是题在那幅字的右上方的，裁掉这名字，一般人看不出来。他取出那幅字，裁掉名字，一看，还是一幅完整的字，就装在一个信封里，放在茶几上。

接下来，他打开抽屉，取出一包药粉。这是一包据说是从德国进口的女性用发情药。很早的时候，有一天晚上，他和齐文晋、南柯在街上闲逛，看到一排发廊跟前有一个性用品商店，门脸很小，起名"春发生"，跟长安南院门一家有名的葫芦头泡馍馆名字一样，南柯说，这个名儿起得很有意思，店主像是一个有点水平的人。门口有一个很丑的女子招手叫他们进去，他们互相看了看，你推我让地笑着走了进去。尽管三个人过去也在街上见过这样的性用品店，但都是从门口过，匆匆一瞥，不知就里，如今大着胆进来一看，反正晚上又没有人看见，三个人才觉得真是大开眼界。丑女子服务热情，有问必答，如数家珍，且不厌其烦，看来她在这里也很寂寞。他们看到各种性用药品，颇感好奇。女子说，男用的女用的都有，就推荐了这个德国货。齐文晋说，德国的产品质量应该比较可靠。女子在旁边强调，就是的，这个东西效果很好。柴一才问她，你怎么知道？女子说，听老板说的，而且老板的一个朋友经常来买，买就买这个牌子的。柴一才看包装，包装上是中文，说是此物无色无味，十分钟起效，并建议酌量而服，以免激动难抑云云。这其实是变相的效用广告。柴一才鼓动南柯、齐文晋买，两人笑着摇摇头，柴一才就买了一小包，五十八元。柴一才笑嘻嘻地说，买回去留着，也许哪天能用上了呢。

此物放在柴一才的抽屉里一年多了，一直英雄无用武之地，现在看来是能用上了。柴一才没有用过这东西，不知到底效果如何，而且对用量也不知该如何把握，多了怕出麻烦，少了怕不顶用。最后他决定倒上半包。他拿了一个纸杯，倒的时候，才发现手有点抖，而且抖得很厉害，以至于把一些粉末倒在了杯子外边。为什么会这样呢？激动，心虚？他觉得二者可能兼而有之。

倒好"药粉"，柴一才又给杯子里注入了大半杯水。一看，水有些浑浊，他想坏了，这会被人发现的。再说，田小春是护士，有职业的警惕性。正忐忑着，水渐渐清了，又过一会儿，清可见底了。他长长地舒了口气，心想，到底是德国的产品啊。他把水放在茶几上，坐回沙发，想象着尚未发生而将要发生的事心里美滋滋的。其实，不要看这个田小春年纪不大，二十六七岁，却是一个惯见秋月春风的老江湖了，她什么事没见过？

对这一点，柴一才是深有体会的。

想了一会儿，渐渐从兴奋中清醒过来，柴一才又有点担心了：她行了，我不行怎么办？还好，有备无患，那天在"春发生"，他还买了一粒男用药，据丑女子介绍说那个老板的朋友试用过，十分好，而且也是十分钟起效。柴一才起来又在抽屉里找见了那粒药，放在开水壶旁，以备不时之需。

看看表，半个小时过去了，田小春怎么还不来呢？

田小春是八里村医院的一个护士，柴一才认识她有近两年了。在柴一才看来，田小春是一个食之无味、弃之可惜的女人。她长得还是有点姿色的，小家碧玉的样子，特别是一张嘴很性感，特别诱人。柴一才是打针时认识田小春的，有一个冬天，柴一才因严重的病毒性感冒在八里村医院打了半个多月的点滴，雪天病人很少，柴一才在那里一坐两三个小时，很无聊，就与打针的田小春聊上了。田小春待人很热情，至少对他是这样。柴一才一见这个田小春，也一下子看上了。看她戴着护士帽，穿一身洁白而合体的护士服，走来走去，脚步轻盈，他不觉心驰神往。后来就约着吃饭、唱歌，一来二往，两人俨然成了很密切的朋友。柴一才起初对田小春感觉很不错，觉得这是一个聪明、热情的女孩。有一天晚上，两人在歌厅唱完歌都凌晨一点多了，柴一才打车送田小春回去。这是一个雪天，不过雪很小。快到田小春家门口时，柴一才把憋了一晚上想说未敢说的话说了出来：不回了吧？田小春笑着看他：不回，去哪儿呢？柴一才本来是试探着问的，现在看来有点眉目，就说：去我那里吧。他紧接着一句，我那里有空调，还可以看碟。田小春说：有什么好碟？多着呢，你随便挑。田小春点点头，柴一才就对出租车司机说："调头！"

走到半路，柴一才手机响了，他接起来一听，是老婆打来的。老婆在电话里高兴地说，这下好了，电话终于打通了，刚才她在车站给他打电话，怎么也打不通，这阵子她已经到了八里村家里。柴一才顿时眼冒金花，头使劲地往车窗角落里顶，仿佛能把头伸出窗外似的，他结巴着问："你，你，你怎么来了？提前也不打个招呼。"老婆说："想给你一个惊喜！我给你带了好多家乡特产，都是你爱吃的！"柴一才偷眼看田小春，田小春脸向着车窗外，似乎正在看雪，看不清神色。他只好对司机又说："调头！"他得先把田小春送回家再说。

老婆走后一周，柴一才每天给田小春打几个电话，想再约她，但田小春天天说她有事，就是不赴他的约。事情就在这儿拐了一个弯，没有急转直下，而是倒回到原来的地方。后来，两人关系也就疏淡了，不过还偶尔见面，所谓藕断丝连吧。

今天会不会有结果呢？会不会再续前缘呢？柴一才问自己。

正乱想着，有人敲门。柴一才镇定了一下，打开门，迎进田小春。

田小春跑得头上冒汗，说："我叫一个朋友开车送我过来的，赶得急死了。"

柴一才说："不急不急，好好歇一会儿。喝点水。"说着，把放在茶几上的纸杯递给了田小春。

田小春一边笑着与柴一才说话，一边接过水，不歇气地喝了大半杯。看来她还真是渴了。

柴一才有些紧张，但他努力使自己镇定，拿起茶几上的信封，取出蒙养正的字，说："这是给你的。"

田小春展开一看，说："真好，这一幅字值不少钱吧？"

"市面价最少三千，但算我送给你的。"

"不知该怎么谢你呢！"

柴一才说："你办事要紧，不要客气。"

田小春满脸笑容地说："一定要请你吃饭。"

柴一才说："不用不用，要请也是我请你，哪有你请我的。"

他一边说话，一边注意田小春的反应。她的脸好像有点微微泛红了。

他正要慢慢地跟田小春拉话，以等药效发作，田小春却看了一下表，说："不好意思，我还得走。送我的车在外面等我呢，不要让人家等急了。"

这个情况是柴一才预先没有想到的。他一时不知说什么好。

正犹豫着，田小春已经站了起来，说："不好意思，我先走了。回头谢你。"

柴一才正想着要不要送，田小春已经出了门，说："你忙吧，不用送了。"

田小春走后，柴一才霜打了一样无精打采。他慢慢走到窗口，从四楼往下望，看见田小春背着一个小包，急匆匆地往院子外面走。走着走着，又跑了起来。他往门口看，见门外停了一辆黑色桑塔纳，车门边站着一个中年男子。看到那男子，田小春跑得更快了。柴一才一看表，距田小春喝罢水已经过去十五分钟，他想那药效早该发作了吧。

"他妈的，忙活了半天，倒给别人办了件好事。"看着田小春和那男子走了，想象着田小春春情发作时的神态和表现，柴一才愤愤地骂了一句。

## 第 十 三 章

元旦本来是一天假,加上从上一年末移过来的两个休息日,就变成了三天。三天过后,紧接着又是两个休息日,这样元旦实际上就有了五个连着的休息日。这一天晚上,南柯接到齐文晋电话,要他过去玩,说:"她们都在这里呢。"南柯过去,说了一阵闲话,弟弟打来电话,说他被关在玉祥门派出所,要南柯赶紧过去捞他。南柯问为何被抓?弟弟说他和院子里几个人在门口的茶摊上打麻将,玩的也不大,就是五块、十块,不知被谁点了炮,公安来人抓了他,说罚款五千,来迟了就送沣峪口去了,如果到了那儿再捞人至少得一万。南柯听了心烦,想这个弟弟真是不争气,一天到晚不干多少正经事,就知道打牌,但不救也不行,毕竟是自己的亲弟弟啊,又是元旦过节的,让弟弟蹲派出所真是不好受。

南柯脸上僵硬地笑着,说他有点急事要去办一下。齐文晋看了看他的脸色,知道事情紧急,就说忙完了再过来,大家等他继续玩呢。兰湘婷看了看他,却没有说话。

南柯出门打电话找了中学的同学关系,他知道这种事情不找关系只能挨宰,最后经关系协调,落实罚款两千元,关系说,没有办法,上边有罚款任务,不罚款派出所的人没有奖金。南柯骂了一句,他妈的,罚款也有任务。回去取了两千元。交了罚款,弟弟就被放了出来。派出所人让南柯弟弟在罚款条上签字,弟弟觍着脸说,打个牌么,玩的也不大,派出所的人立刻变了脸,把拿到手的钱啪地摔到桌上,瞪着眼说,那你是说我们抓错了?就叫着关人。南柯赶紧赔着笑脸说好话,又说到了关系,派出所人的脸才缓过劲来,又训了南柯弟弟一顿,才让走人。

南柯回到家,倒了杯茶,坐在沙发上,心情黯然。

枯坐了一个多小时,南柯忽然感觉心里很空,觉得好像少了点什么。少什么呢?寻思了一会儿,他才明白少了一句问候。

来自兰湘婷的问候。还有呼唤。

南柯心里说,其实,我一直在等你给我说一句话:

忙完回来吧,我等你!

可是没有。南柯心里感到深深的失落。

他问自己:你怎么了?你到底为了什么?

有一刻,他很想给兰湘婷发一个短信,说:你是一个没心没肺的人。再想想,还是没有发。

他就一直在那里坐着。看着窗外的夜色。

十一点十六分,兰湘婷发来一个短信:忙完了吗?柴一才来了,我们在玩牌。

南柯看了,默然一会儿,回了一个短信:你们人够了,我就不去了,你们玩吧。

十一点二十八分,兰湘婷短信:你有没有搞错?人够了你不来,你以后都不要来了。

南柯坐着未动。

十二点整:快来哦,来时给我们买点好吃的。柳晴要喝牛奶。

十二点二十分:快点来!!!!!

十二点半,齐文晋短信:柴一才走了,我们都在等你。

南柯喝了口茶,出门买了点东西,坐车到了齐文晋家。

见南柯来了,兰湘婷很热情,南柯与她相拥着坐在沙发上,几个人说了会儿话。休息时,南柯与兰湘婷自然又宿在了一起。

第二天下午,南柯说他有事要出去,兰湘婷看他,不言语。正准备走,柴一才来了,南柯笑着说,你们四个先打牌,我出去办点事。柴一才对他说,忙完再过来,大家一起玩。南柯出门时,看兰湘婷的表情,感觉冷冷的。

走到校门口,南柯给女儿打了一个电话,女儿昨天与他联系,要他陪她上街买衣服。女儿在电话里说,她下午要去同学家,买衣服回头再说。这样,南柯就又没有什么事了。他在校门口踌躇了五分钟左右,想想,又回到了齐文晋家。

一进门,柴一才就笑嘻嘻地说:"看我猜得准吧,我说南柯肯定会转回来的,说准了吧?"柳晴笑,兰湘婷也笑,但都不说话。南柯想,他们一定议论过自己。他坐在兰湘婷身旁,几个人说起闲话。

柴一才说他讲一个故事,大家都说好。

他讲,有一个人黄昏回家,看见前面走着一个人,是一个身材很漂亮的女子的背影,背后拖着一条又粗又黑的长辫子。他就想赶上前去与那女子搭话,可他紧赶慢赶,总也撵不上,后来终于撵上了。他在后边叫了那女子一声,那女子回过头来,却把他吓死了。

柳晴和兰湘婷问:"为什么呀?"

柴一才说,原来那人回过头来,前边仍然是一条又粗又黑的长辫子。

听到这里,兰湘婷一惊,本能地想往南柯身上靠,却扭了一下,靠在了柳晴身上。

大家回味了一下,确实很恐怖。

齐文晋说,我也讲一个故事:故事发生在农村。有一个人想吓人,晚上藏在一扇门后,穿了一身白,头上蒙了一块白布,另外还有几个人藏在旁边准备看热闹。这时有人敲门,吓人者就去开门,看热闹的人紧张地看着。却只见吓人的人突然大叫了一声,倒在地上,原来他被吓死了。旁边的人跑过去一看,门外什么也没有,不知是什么东西更可怕,居然把吓人的人吓死了。

听了两个鬼故事,两个姑娘紧紧地靠在了一起。南柯看了,说:"你们那么胆小啊?"

兰湘婷问:"你不害怕?"

南柯说:"我觉得柴一才讲的,回味起来有些令人毛骨悚然。但是这个故事也很有意味,为什么呢?因为同样是一个人,一个看起来身材很漂亮的女人,有一条又粗又黑的长辫子,后边看,你不害怕,还觉得美,但是回过头来,同样是一条又粗又黑的长辫子,怎么就吓人呢,就把人吓死了呢?是什么把人吓死了呢?仔细想想,并不是那一条又粗又黑的长辫子吓人,而是后边追赶之人的心理预期的原因。他是自己把自己吓死了。是吧?"

柳晴说:"南老师一分析,好像有点道理。"

兰湘婷说:"不讲了,不讲了,鬼故事太吓人。"

柴一才和齐文晋都笑了。大家又说起闲话。

过了一会儿,柴一才接了一个电话,就与齐文晋到另一间屋里去了。南柯对兰湘婷说:"我有点特异功能,这特异功能需要灵感辅助,现在我感觉灵感似乎来了。你在小纸片上写一个字,然后揉成一团,我能猜出你写的是什么字。"兰湘婷与柳晴都很惊奇,说不可能吧,南柯说一试便知。

南柯所说的特异功能实际上是一个小魔术。他先在茶几上铺一张报纸,然后拿出一张白纸,撕成一些小纸片,对兰湘婷说:"你就在这小纸片上写字,然后揉成这样的小纸团交给我。"兰湘婷说:"那我写字要到那间屋里去,行吗?"南柯说:"当然可以。"兰湘婷就到另一间屋里去了。柳晴也跟着去了。过了一会儿,兰湘婷拿着一个小纸团交给南柯。南柯事先也揉了一个小纸团,藏在手心,他接了兰湘婷的纸团后,装模作样地闭目凝了一下神,兰湘婷和柳晴只顾看他的表情,他已在手心里把两个纸团换了。接着,他把无字的纸团扔到报纸上，手里拨着那个纸团，装模作样地在报纸上搜寻，嘴里还念念有词。兰湘婷和柳晴的注意力只集中在报纸上的那个纸团上，南柯却偷偷地在手心展开那写有字的纸团，扫了一眼，已然看清。他拿起无字纸团，在报纸上扔了一下，仿佛要扔出响声来。第二次扔的时候，他已在手心里把两个纸团掉换过了。他看着报纸上的纸团，卖着关子说："这个字是一个方位，也是一个姓。"兰湘婷看了柳晴一眼，急着问他："什么字？"南柯说："一个字：南。南方的南，南柯的南。"柳晴说："兰湘婷写字的时候，你是不是偷看了？"南柯说："笑话，你们在那屋里，我在这里坐着，动都没有动，怎么能把头伸到另一间屋里看你们写字？"

兰湘婷说："我再写一个字。"

南柯如法炮制，说这是个"野"字。

兰湘婷大为惊奇，说："第一个字写着你的姓，我想你也许能猜出来。这个字我想你绝对猜不出来了，你居然也能猜出，这是怎么回事？"

南柯说："这是一种透视心理的功夫，你心里想什么，我一看便知。你写的字是你心中所想，当然我也就看出来了。这个'野'字，肯定也与一个人有关。"

"啊！这么神奇！"柳晴在旁边惊叹。

兰湘婷嘴里喃喃地说："这个字你也能猜得出，难道你知道他的名字?"

听兰湘婷这么说,南柯已猜出八九分。他说:"你男朋友叫什么,我怎么会知道,柳晴又没有告诉我。"柳晴急忙分辩,说她没有说过。"而且,"南柯继续说,"我还能猜出你这个男朋友的性格。此人性格有些粗野,文化修养不是太高,其心也比较野,不大安分守己。"

柳晴紧接着说:"你说得太对了。这个人性子就是有些粗;野心嘛,也有,他想出国。"

兰湘婷半晌不语。

南柯看着她,心里想笑。

"我再写一个字。"兰湘婷默然了好一阵,说出这句话。

兰湘婷又写了一个字,揉成纸团放在茶几上。南柯看着她的那个纸团,轻轻地说:"啊,这说明你的心里很迷乱,很矛盾,不知如何是好。"

"是个什么字呢?"柳晴问,她没有看兰湘婷写字,不知道这个字是什么。

"是一个'迷'字。迷惑的迷,迷茫的迷。"南柯说。

兰湘婷看看柳晴,真正显出很迷惑的样子。

南柯笑笑说:"湘婷,你前后写的这三个字,真实地反映了你现在的心理,那就是,在我和你的那个前男友之间,你是迷惑的、迷茫的。"

齐文晋和柴一才也出来了。听到他们说话,齐文晋添油加醋地说:"南柯的特异功能那是我们大家都佩服的。他看人的心可准了。"柴一才也在旁边附和。这一下,兰湘婷和柳晴真相信南柯能猜出字了。

兰湘婷"嗯"了一声,瘫坐在沙发上,娇声说:"什么都能猜出来、看出来,这可怎么办呀?"

瞧兰湘婷和柳晴当真的样子,南柯心里偷着乐。

几个人又玩了一会儿牌,南柯看时间,已近六点,他说,我还要出去,晚上有个应酬。兰湘婷说,再等一会儿,我与你一起下去。南柯问她干什么,兰湘婷不言语,南柯恍悟,说,噢,要与男朋友会面。兰湘婷不回答。

又坐了十几分钟,六点整,南柯与兰湘婷告辞而去。

出了校门,南柯问她,你的男朋友在什么地方等你?兰湘婷看看表,脸上冷峻,没有说什么。南柯想起柳晴说过,兰湘婷这个男朋友不会体贴人,与兰湘婷约会,经常迟到,迟到了也不提前打电话,害得兰湘婷老等。看来这个男朋友今天又迟到了。南柯心想,也难怪,那么老远地跑来,进长安城里交通又堵,迟一点也应该理解。但他没说这些话。兰湘婷站在门口,左右张望了一会儿,问他:"你在哪里应酬?"南柯说:"曲江风荷酒店,在大雁塔旁边。"他看看兰湘婷,笑着随意说了一句,"怎么,你想跟我一起去?"

他原以为兰湘婷不会跟他去,所以随便一说,想不到兰湘婷说,好吧,我跟你去。南柯吃惊地看兰湘婷,见她一副坚决的样子,他想,她是赌气呢,嫌男朋友迟迟未到,又没有消息。话已说到这里,南柯也就没有退路,他说,那就走吧。兰湘婷迟疑着看看他,说,我去了不会妨碍你吧?南柯说,哪会呢。其实,今天晚上所谓的应酬,实际上是一个饭局。新年到了,有一位企业家想宴请蒙养正,企业家的秘书也是一个文化人,与南柯很熟,顺便也邀请南柯参加,还请了几个南柯都很熟的文化界的朋友。南柯觉得,这虽然是一个朋友圈的聚会,但做东的毕竟是与自己不太熟的企业家,贸然带一个人赴会虽无大碍,但终归是不大合适的。但事已至此,也就顾不了许多。

到了曲江风荷,南柯对已然先到的蒙养正等人说,我还带了一个朋友。大家都说,欢迎欢迎。就座时,南柯请兰湘婷坐在自己上手,他与兰湘婷挨着坐。饭吃到一半的时候,兰湘婷的手机响了,南柯想这是她的男朋友打来的电话。兰湘婷起身到一边接了电话。坐下后,南柯小声问她,没事吧?兰湘婷说,没事。过了一会儿,兰湘婷的手机又响了。兰湘婷到一边接。再过一会儿,又响了,兰湘婷再接。餐桌上大家谈兴正浓,南柯心中想，兰湘婷最好坚持到饭局结束，中途退席可不大好。兰湘婷接了电话，又安然坐下来，显不出有事的样子。直到饭局结束，兰湘婷一直不慌不忙。南柯见了，心想，表现还好。

走的时候，企业家给每位来宾送了一份礼品。南柯送兰湘婷回校，快到时，他把自己那份礼品也给了兰湘婷，说，这个你送给柳晴吧。

# 第 十 四 章

这天晚上,竹笆市街一家藤器店的老板给南柯打电话,说南柯在那里修的藤条休闲椅已经修好,问他什么时候拉走?南柯想了想说,明天吧。这个休闲椅是一张摇椅,南柯原放在乡下,座位上有几根藤条松开了,前一阵他拉回城里修理,现在还得把它放到乡下去。

第二天早上,他给陈红打了一个电话,问她今天能不能帮他往乡下送一趟东西?陈红说可以,不一会儿就开了一辆旧昌河面包车来了。这是南柯第二次见陈红,这一次他看清了,陈红身材还挺好,看得出来,她二十岁时一定是很漂亮的,现在虽然风韵犹存,但脸上毕竟有了一些沧桑感,看来年岁不小了。南柯与她打招呼,笑着问他,还认识不?陈红笑着说,认识啊。南柯注意到,陈红笑的时候还是妩媚的。车上另坐了一个男人,南柯弄不清这男人与陈红是什么关系。

　　车到竹笆市,陈红让那男的走了。装上摇椅,陈红让南柯指路。往乡下走的时候,南柯问那男的是谁?陈红说是一起工作的。出城路堵得厉害,他们的车行得很慢。两人说了一会儿闲话,南柯对陈红的工作情况有了一点了解。陈红自己有一辆车,是一辆比较新的面包车,加盟一家私人出租汽车公司,以开车和租车为生。

　　"月收入多少?"南柯问她。

　　陈红笑着说:"两三千吧。"

　　"可以了,够生活了。家里还有什么人呢?"

　　"哥哥成家了,我与父母住在一起。"

　　"成家了吗?"

　　陈红又笑,但没有不好意思,说:"还没有。"停了一会儿,又说,"去年秋天,我在八仙庵算了一卦,算卦的说我今年会遇上意中人,会结婚。"

　　"你信吗?"

　　陈红迟疑了一下,说:"我想,也有可能吧。"她看了一眼南柯,"你能不能给我介绍一个?"

　　南柯问:"你今年多大了?"

　　"你猜。"

　　"二十多不到三十吧。"

　　陈红笑了:"你真会说。我三十一了。"

南柯道:"你以前没有男朋友吗?"

"有过,但都吹了。"

"为什么?"

陈红笑笑,说:"缘分不够吧。"

"有没有遇见你特别喜欢的人呢?"

陈红开车看着前面,说:"遇是遇到过的,但……"她没有说下去。

"但什么?"

"人家有家。"

南柯"噢"了一声。

车出了城,路上车少了,面包车快了许多。

南柯问陈红:"那你现在找人有什么条件呢?"

陈红眼盯前方:"年龄可以大一些,但不要太大,一个月能挣上两千块以上的钱吧。"

"为什么一定要两千块钱以上呢?少一点不行吗?"

"挣一千来块钱,不够生活啊。"陈红很实际地说。

南柯想自己一个月的工资,不算其他额外收入如稿费之类,也就是一千来块钱,看来像自己这样的还不够格。

快到南山居的时候,南柯说:"其实,我今天用你的车还有另一个目的,那就是想再见见你。"

"为什么?"

南柯笑笑:"那个雨天,你在前面开车,我隐隐觉得你很好看,但没有看清,就想再看一看。"

陈红说:"你很坦率。我也坦率地告诉你,我今天为你出车,也是想再见见你。"

南柯问:"为什么?"

"那一次雨天拉你,我觉得你这人有气质,像个好人。"

两个人都笑了。

到了南山居,南柯把摇椅放下,请陈红进屋。陈红看着他的院落和屋里的陈设,说:"你这里很不错嘛。"

南柯说:"主要是清静一些。"

南柯已很长时间没有回来,桌子上落了一层灰。南柯就拿抹布擦,一边擦,一边说:"我每次回来,常常是休息的时间很少,大部分时间用在了搞卫生上。"陈红说:"看来你很爱干净。"说着,也找了一块抹布,帮着擦起来。南柯挡她,陈红说:"闲着也是闲着。其实,我也爱干净,看见哪个地方脏了,总想弄干净。"收拾干净后,南柯还想坐下休息一会儿,陈红催着走,说她回去还有事。

正在这时,南柯的一个堂嫂进来了,提了一个袋子,说她拿了一点大米,让南柯捎回去。南柯知道堂嫂这时送米,是来感谢他的,她的女儿上大学录取时,他给托过人。堂嫂走后，南柯随手就把那半袋米送给了陈红。陈红也没有推辞。

回城的路上，南柯说要把租车钱给陈红："今天这个事情要公事公办。"陈红看了他一眼，说："也好。"南柯问应该给她多少，陈红说随便。南柯开玩笑说："男的不能说'不行'，女的不能说'随便'，你这个'随便'我就不知道如何办了。就随行就市吧。"陈红说算了，就给五十吧。南柯给她口袋装了一百，陈红看了，也没有再说什么。

进了城，陈红问南柯："你跟我算得这么清，是怕欠我人情吧？"

南柯说："哪里，我觉得应该这样。好兄弟勤算账嘛。再说，我也怕给你留下个好占人便宜的印象。"

陈红说："好吧，那就先算清吧。"

接着，她又说起让南柯给她找对象的事。

南柯笑着对她说："你看我行吗？"

陈红看他一眼："你跟我开玩笑吧？"

"真的。"

"你没有家吗？上次看见你带着女儿，你的孩子都那么大了。"

"噢，我离婚了。"

陈红说："恐怕高攀不起。"过了一会儿，她又问，

"你多大了？"

"你猜。"

"四十出头吧？"

"差不多。"

过了一会儿，陈红像是自言自语地说："其实，大上十岁也不算大。"

上了南二环，陈红问南柯："你急着回家吗？"南柯说不急。陈红说她要到地税局办一个手续，问南柯愿不愿意陪她一起去？南柯说可以。

办手续过程中，陈红请南柯坐在屋子里的暖气旁，一边办手续一边不时地冲他笑。

办完手续，陈红把南柯送到唐园小区门口。分手时，南柯说，回头我请你看电影吧。陈红说好。

陈红开着车远去了，南柯问自己：你真会跟她看电影吗？他想，她这人有些旧了，跟她开的车一样。

后来，南柯再没有找过陈红。陈红就像流星一样，悄悄划过南柯生命的夜空，倏忽不见。

## 第 十 五 章

南柯与兰湘婷的关系像早春的天气,总是阴晴不定。南柯的心情也时好时坏。

这天晚上,已经零点三十分了,南柯收到兰湘婷一个短信。他一看,是一副流星雨图。他心里想,这流星雨图制作得这么复杂而有趣,看来是费了一点心思的。

兰湘婷问:好看吗?又说:愿它带给你好运!开心每一晚!

南柯觉得兰湘婷还是惦记他的。

次日早晨,南柯一醒来,就给兰湘婷发了一条短信,约她出来玩。这一天是元旦假期的最后一天,他想兰湘婷可能没有什么事。

九点五十七分,兰湘婷发来短信:你在家多留一会儿,柳晴还在睡觉,我再洗洗衣服、看看书,准备好后给你打电话。

南柯回道：你先来，我想吻你！

兰湘婷的短信：你讨厌！！！我们去哪儿玩？

南柯想了想，回道：到我家吧。

兰湘婷又问他路怎么走，南柯告诉她后，不到二十分钟，兰湘婷就到了唐园门口。南柯下去接，兰湘婷说，路挺近的，不过花了我十元车费。南柯请她进门时，兰湘婷说她没有钱了，要去银行取点钱。南柯问她取多少？兰湘婷说，取一百。南柯说，我给你吧，就给了她五百。兰湘婷也就接了。

南柯看时间已近正午，就请兰湘婷去桃园酒家吃饭，兰湘婷说不去了，刚吃过饭不久，买点小食品吧。两人就去唐园超市，兰湘婷挑来挑去，装了一大袋子。南柯付了钱，二人提着回家。

兰湘婷是第一次到南柯家来。她进门先看了看房子，说，差不多跟我家一样大，装修倒是蛮有格调的。南柯问她，喜欢吗？兰湘婷说，我最喜欢你的客厅。南柯就请兰湘婷坐在客厅的沙发上。

南柯坐在兰湘婷身旁，感受着女性气息的诱引，他要抱她。兰湘婷向旁边躲了一躲，说，我要吃东西。说着就从袋里掏东西吃。南柯笑笑，与她说了一会儿闲话。

坐了一会儿，南柯说："要不要看碟？"

兰湘婷问："有什么好片子？"

南柯说："有一张《白色婚礼》，齐老师说很不错，我就买了。表现一个十七岁学生与一个四十七岁老师的非常态恋情，很有人性深度。"

兰湘婷问："是不是上次齐老师与柳晴悄悄说的那个片子？"

南柯说："正是。"

兰湘婷说，那就看一看吧。

放好碟，南柯搂着兰湘婷看。南柯尽管已经看过一遍，再看，还能看进去。兰湘婷则显然没有看进去，一会儿瞧上几眼，一会儿又自顾自吃东西。

看完，南柯问，还看什么？兰湘婷说，看一个轻松一点的吧。

南柯问："什么是轻松的呢？"兰湘婷说，轻松的就是轻松的呗。

南柯就拿了一张韩国片《偷香》的碟，说，看看这个吧，这个可能轻松。

《偷香》实际上是情色片。南柯看东西容易投入，看了《偷香》，他就心猿意马，心里骚动起来。他抱着兰湘婷亲吻，有点忘情。兰湘婷虽然也回吻着，眼睛却不时地盯住电视，对亲吻并不投入。南柯吻着吻着，激情难抑,就要脱兰湘婷的衣服,兰湘婷虽然也与他有过肌肤之亲,但此刻却显得很冷静,她拒绝着南柯的要求。南柯在兰湘婷的半推半就中脱掉了她的衣服,在她身上吻着,兰湘婷却缩在沙发上,好像无动于衷。南柯心里一边暗暗赞叹兰湘婷有如此定力,一边骂自己没出息。

他问兰湘婷:"你怎么不动情?"

兰湘婷看着他,不言语。

"这样的片子你以前看过吗?"南柯又问。

兰湘婷扫了一眼电视屏幕,未置可否。

南柯有些意兴阑珊。他站起来,关掉电视,拿了一床被子盖在兰湘婷身上。

窗外的天色渐渐暗下来。

南柯拿来一些水果和点心,让兰湘婷吃。

兰湘婷一边吃一边笑着说:"在对的时间,遇见对的人,是一生幸福;在对的时间,遇见错的人,是一场心伤;在错的时间,遇见错的人,是一段荒唐;在错的时间,遇见对的人,是一阵叹息。"

南柯听她好多对呀错的,有些绕口,没有听得很明白,就说:"你说什么对呀错的,好像很有什么哲理似的,绕来绕去,也听不大明白。你到底想说什么?"

兰湘婷说:"我说明白了呀。在对的时间,遇见对的人,是一生幸福;在对的时间,遇见错的人,是一场伤心；在错的时间，遇见错的人，是一段荒唐；在错的时间，遇见对的人，是一阵叹息。"

南柯叹了口气，说："越听越糊涂。你倒说说，我们是什么？我是对的人，还是错的人？"

兰湘婷说："人嘛，你当然是对的人喽，可是时间不对呀？"

"时间怎么不对？"南柯问。

"是我的时间不对。"兰湘婷说。

南柯似懂非懂地说："我对，你不对？"

兰湘婷说："不说了不说了。吃点水果吧，吃这个，橘子。"

南柯接过来，边吃边说："我晚上还有个应酬，院长蒙养正请外地几个学者吃饭，要我作陪。"

兰湘婷看了看他，显然没有想到他晚上还有事。她问："要应酬到几点？"

南柯说："说不准。早的话，我再跟你联系。"

兰湘婷说："那我就回校了。"

南柯送兰湘婷下楼，发现她这时才显得有些依依不舍。

晚上十点多，南柯从曲江宾馆回来，洗了一个澡，出来看见手机上有兰湘婷十一点十九分发来的短信：你忙完了吗？早点睡觉哦！我也要睡了。晚安……

睡了一晚起来,南柯给兰湘婷打了两次电话,都未打通。第三次打通了,他问她在哪里?兰湘婷说在网吧。问跟谁?兰湘婷说跟男朋友。挂断电话,南柯怅然若失了好一会儿,他问自己:我是怎么了,为什么会有这种感觉?

到了傍晚,兰湘婷又打来电话,说她和柳晴、齐老师在一起吃饭,要南柯过去。

"你在哪里?"兰湘婷问。

南柯沉吟了一下,说:"我在一个比较远的地方。"

"来吃饭吧。"

"过不去了。"

"讨厌!快过来嘛,我们等你!"

"真的没时间,晚上还要开会。"

南柯这时是在办公室,但晚上并没有会。南柯觉得情绪低落,弄不清自己是什么心情。兰湘婷又打电话叫了他几次,他都以有事回绝了。天黑下来时,他从单位出来,沿着华灯初上的街道,一路走了回去。

又睡了一晚起来,南柯主动给兰湘婷发了一个短信:我要去单位谈事情,有时间再跟你联系。想你!

兰湘婷很快回话:好的,我等你。

这一天,南柯确实有事。他要到单位校对《唐音》。

在南二环,南柯碰见了如忆。两人在路边说了一会儿话。分手后，南柯觉得自己对如忆忽然没有了感觉，不知为什么。他问自己：人的感情真的就这么飘忽不定？

到了晚上，南柯约兰湘婷出来，兰湘婷很快出来了，这次是一个人，没有带柳晴。两人在街上转了一会儿，看兰湘婷不急着回去，南柯说，去看电影吧。兰湘婷说好。两人就打车到了城里的阿房宫电影院。南柯问看什么？兰湘婷看了看放映牌，说，看《无间道》吧。两人买票进了被称为小厅的放映厅。

进去后，南柯看里边很黑很暗，什么也看不清。电影是循环放映的，没有服务员照应，南柯拉着兰湘婷的手，由于看不清座位，只好站在门口，不知道往哪里坐。眼睛适应了一会儿，才稍稍看清了一些，南柯发现厅里几乎没有人，只在一个角落里模模糊糊地有一个黑影，也不知是一个人还是两个人。南柯就与兰湘婷找到靠后一排座位坐下。

这是那种投影放映，画面看起来有点模模糊糊的。南柯看了一会儿，就不想看了。两人坐在情侣座上紧紧相拥。南柯开始吻兰湘婷。吻了一会儿，兰湘婷也起了兴，不看电影，只顾与南柯相吻。

两个人在痛苦中痛快着，纠缠了快两个小时，不曾松开。《无间道》已经在演第二遍，南柯什么也没有看进去。有一会儿，兰湘婷歇了下来，扫了一眼银幕，南柯问她演的什么情节？兰湘婷倒能清楚说出。南柯奇怪她居然看进去了，兰湘婷说，她前两天看过这部电影，也是在一家电影小厅看的。南柯就想到了她和她男朋友的约会，总在电影厅里度夜。想到这里，南柯的心里忽然有了些许怅然。但很快，他又被当下的快感淹没了。

两个人磨蹭到十二点，才依依不舍地分了手。分手前，两人又忘情地吻了二十分钟。

南柯回到家时，已经是凌晨一点了。一点零三分，兰湘婷发来短信：到家了吗？在干什么？早点睡吧。我也睡了。明天要考试，考不好找你哦！

南柯回道：吻你。我在听音乐。晚安。

# 第十六章

早上,南柯去东门里的河西省作家协会参加一个长篇小说研讨会。

南柯本来与当代文学没什么关系,由于秦钟的热心推荐,他偶尔也被有关机构邀请,参加一些当代文学方面的研讨会。他本不热心,但情面难却,有时就来凑凑热闹,心想对当前的文学状况了解一点也好。

研讨会在作协二楼会议室举办。进了会场,里边大部分人他都不认识,南柯向秦钟几个熟悉的打了招呼,就拣边上坐下。今天讨论的是一个女作家写的人物传记小说,叫《李白在长安》。

会议开始了,有一位老评论家发言,他没有谈要讨论的作品,先批评当前的媒体,引用了不知哪家报纸上的一个顺口溜,说:最失落的是作家,为什么呢?因为作家被边缘化了；最无聊的是娱记——娱乐版记者，专门炒作明星隐私；最愚蠢的是球迷，手握矿泉水瓶乱喊乱叫；最有钱的是正在花钱的孩子。接下来，老批评家开始批评《河西都市报》《长安晚报》等报纸近来对卫慧、棉棉等所谓美女作家的炒作，认为太过。老评论家慷慨激昂地说：卫慧等作家是当前文学堕落的典型。他提出，现在提倡多元化，多元化就是承认价值的多元化，但是，面对历史和社会，是不是所有的价值是等值的？老评论家认为这个问题值得深思。

这位老评论家发言后，后边的几个老评论家积极跟进，他们似乎都忘记了今天要讨论的是"唐代的李白在长安"这个主题，纷纷对当前小说创作特别是卫慧、棉棉进行围攻，义愤填膺，不亦乐乎。在一片嗡嗡声中，南柯依稀记起，不知是前天还是昨天的《河西商报》上有报道说，卫慧的《上海宝贝》近来因性描写过分遭禁，还引用王朔的话说卫慧等人的写作"不是用头脑写作而是用身体写作"。卫慧和棉棉的小说，他没有认真读过，只是看了媒体的评说后在书店偶尔翻过，印象中没有这些批评者说得那么严重。

正胡思乱想着，主持人点名让南柯发言，还介绍他是唐代文学方面的专家。南柯看了看会场，发现不少人正注意着他。他清了清嗓子，郑重说道：

我本来还是想就《李白在长安》谈点看法的，但是，受前边几位先生启发，也想随意地谈点感想。在我看来，要说性描写，其实啊，中国古代很多小说在这个方面是特别厉害的，有一些也可以说是特别恶俗的，今天的作家根本比不上。只是现在由女作家来暴露隐私、来写性，人们似乎一时还不容易接受。

我对文学有这么几点认识：一、文学作品写得再肮脏，也没有生活本身肮脏。无论多么肮脏的艺术描写，其实都经过了至少三十遍的过滤，是经过提纯的纯净水。现实主义文学的第一个原则就是真实性，其实我们的文学从来就没有真正面对过真实。大家都生活在真实的生活中，我们知道什么是真实，如果把我们真实的生活与被誉为最真实的文学作一对比，就可以发现真实性在我们的文学作品中，已经被打了大大的折扣。二、文学具有一定的反社会性，即是说，文学往往是从人性、人情角度表现人生、反映生活，它对社会秩序——政治秩序、道德规范等，具有一定的挑战性和破坏性。三、不是所有的文学都是有用的，文学包括艺术具有无用性，文学有"实"的一面，更有"空"的一面。若从真、善、美三个方面衡量文学，真是指文学具有认识作用，善是指文学具有教化作用，而美，只是一种精神上的愉悦，它具有无功利性。

媒体，特别是一些面向市民社会的媒体，它们是媚俗的，是大众好恶的反映，它喜欢今天把一个人比如明星捧到天上，明天又会将其重重地摔下来。大众喜欢看热闹，媒体就热衷于制造和炒作热闹。娱乐性媒体，就是大众推波助澜的起哄声。

写作可能有三种倾向或方式：头脑（智慧、理性）写作，心灵（体验、感情）写作，身体（感觉、欲望）写作。如果我们真能摆脱一元论的观念，承认世界是多元的，价值是多元的，那么，我们就要承认，在这个多元的世界上，每一个"元"的价值，它们都是有其自身价值的，从某种意义上说，多元论的价值观就是多元等值的。如果不承认多元价值是等值的，那么，在大象和蚂蚁之间，人的价值眼光将会永远漠视蚂蚁的价值而只维护大象的价值。佛家也讲"众生平等"。由于我们缺乏价值多元论的思想，更缺乏多元价值等值的认识，所以，我们经常会听人说，踩死谁就像踩死一只蚂蚁，但是从来没有听人说过，踩死谁就像踩死一头大象，好像踩死蚂蚁就是应该的，就不是个事，而踩死大象才是个事。而从物种生命价值的意义上说，大象和蚂蚁，它们难道不应该是等值的吗？……

南柯还没有说完，就有一个老先生打断他，批判他是自由主义，对他进行反驳和批判。那个老先生刚说了几句，又有一个年轻的评论家忍不住批驳老先生。接下来的会议完全变成了多元论与一元论的争吵，早把会议的主题"李白和长安"忘到爪哇国了。南柯见势不妙，趁人不注意，悄悄从后门溜走了。

来到大街上，虽然有些冷，但南柯感觉空气比较清新，不像会议室里那么乌烟瘴气。他不吸烟，会议室有许多老先生是大烟鬼，不停地抽烟。南柯心里想，以后这种会还是不参加为妙。

到哪里去呢？这是一个问题。

去书店吧。南柯觉得，不知道去哪里时，书店就是一个最好的去处。

南柯顶着寒风，溜到书院门，进了汉唐古旧书店。

这是一家私人开的书店，有三间门脸，卖新书也卖收购来的旧书旧刊。这个书店看来是专门针对读书人的，沿窗摆了三张明式茶桌与茶凳，供人坐着看书。南柯过一阵子，就要到这家书店转一转，常能淘上一些好书。有时不买书，就坐在茶桌边看一会儿新书。南柯喜欢转这家书店的另一个原因，是这里有一个年轻的营业员,叫吴眉,长得很漂亮,而且落落大方,南柯每次去,都与她有话无话地拉上几句。时间久了,吴眉对他熟悉了,也主动与他搭话。有一次,南柯把手机放在茶桌上,低着头只顾看书,手机响了,他因为专心没有听见,吴眉就微笑着走过来,拿起他的手机,说你的手机来电话了。南柯接过手机的时候,手中的书掉在地上,姑娘弯腰拾起,轻轻地摆放在茶几上。南柯觉得这个姑娘给人一种温柔体贴的感觉,不由地就喜欢上了。不过,在过去很长一段时间里,南柯与她的关系,只维持在一个读者与营业员的关系上,熟悉甚至亲切,但没有亲密。吴眉有次对南柯说,你一看就是个学者。南柯问为什么?吴眉说因为你读书很专注,而且看的都是一些看来很深奥的书。南柯说,你很有意思,什么时候我请你去喝茶,跟你好好聊一聊。吴眉说好呀。但话是这样说了,却一直没有机会。

　　有一次南柯看完书准备回去的时候,看见吴眉也准备下班,他就站在书店不远处的地方等。等吴眉骑着自行车过来了,他走到跟前,说,吴眉,回家吗?吴眉停下车子,有点吃惊地看着他,点点头。南柯说,能让我陪你走一段路,说一会儿话吗?吴眉用脚支着自行车,没有下来,迟疑着说,说什么呢?南柯说,随便聊一聊。吴眉说,我长这么大,还没有跟像你这么大的男人说过话。南柯笑了,说,我很老吗?吴眉也笑了,说,我是说我只是跟像我这样的青年人来往,没有跟中年人交往过。南柯问她,你多大了?吴眉说,二十三。南柯说,噢,是很年轻。不过,人跟人说话,年龄并不一定是障碍,比如我,就喜欢跟像你这样的年轻人说话。吴眉问,你是想给我介绍对象吗?南柯说,你怎么会有这样的想法?吴眉说,我遇到好几个年龄大的人,都说要给我介绍对象,有两个还说要把他们的儿子介绍给我。吴眉说着笑了。南柯也跟着笑,说,我还没有那么大的儿子要介绍给你,我是想把我介绍给你——请不要误会,只是想跟你认识,深一点说,交个朋友,忘年交吧。吴眉下了车子,说,你不会是想写文章搜集素材吧?南柯说,没有的事。我就是觉得你很不错,有意思,想结识你罢了。吴眉哦了两声,说,以后看机会吧。两人走了一段路,就分手了,这以后,有好长时间没有见面了。

南柯进了汉唐书店,吴眉就看见了他。店里人不多。

吴眉一边给他推荐新书,一边问他:"忙不?"

南柯翻着书,说:"不太忙,单位里事不多,主要是我的社会活动多一些。一直说请你坐一坐的。"

吴眉说:"太忙。最近又要考试。"

南柯说:"看你时间吧。你考什么试?"

"自学考试。为什么要请我坐一坐呢?说跟工作有关的事呢，还是闲聊？"吴眉问他。

"当然是闲聊。"南柯说。

"为什么想跟我说话，是看着我顺眼？"吴眉接着问。

南柯笑了笑："岂止是顺眼。是好感。"

"好感？"吴眉看来有点惊奇，随后笑了，"我很想听听别人是怎么看我的。"

南柯紧接着说了一句："你一直不给我机会么。"

"会给的，会给的。"吴眉说着，笑了。

南柯说："那我就等你的这个机会了。"他把手机号码写给她，让她有时间给他打电话。

南柯在书店转了一转，看上了几本书，但都觉得太贵，没有买。出门的时候，他冲吴眉笑笑，吴眉也向他笑笑。

# 第 十 七 章

有人说,爱情是一种病,忽冷忽热。真正陷入爱情中的人,其实是不分年轻、年老的,感觉都一样,只是程度不同罢了。年轻时可能害病害得重一些,中年以后,因为理智多了一些,阅历也多了一些,不那么严重罢了。

南柯早上去办公室,翻了一会儿杂志,又想起了兰湘婷。兰湘婷说今天想去街上买书。他发了一个短信:我在办公室,买书可叫我。

兰湘婷回道:要不今天算了。我刚上完课,想好好复习一天,明天我们再联系吧。

南柯看到这话,心里觉得冷。

他看了一会儿杂志,看不下去。又给兰湘婷发一短信:给我说一句安慰的话吧,我非常想你。

刚发完,觉得意犹未尽,又发了一句:有时,我非常脆弱,你能理解吗?

等了有半个小时,他听到手机响了一下,这是那种短信提示音。他急忙打开看,却没有收到什么信息。他发短信问兰湘婷:发信息了吗?听到有声音却没有内容。再发一遍吧。

兰湘婷的信息发过来了:我没有想你哦!如果我复习得好,晚上给你打电话,不过要看你高高兴兴的哦!

南柯接连收到了两遍。

下午,孟齐给南柯打电话,要他到出版社校对书稿。《散淡的竹林》终于发排了。南柯放下电话,就坐车去湘子庙街的秦汉出版社。下了车,天上飘下了一些散碎的雪花。南柯穿得有点薄,觉得身上有些冷。还好,出版社里还暖和一些。南柯埋头校读书稿,不知不觉已到了六点,天已经完全黑了。孟齐过来问他校对完了没有?南柯说还没有,孟齐说那你明天再来校吧,南柯说我就不来回跑了,晚上再校一下,争取校对完。孟齐要他校完把书稿就放在桌上,走的时候关上门。

看着孟齐消失在夜幕中,南柯想起兰湘婷说晚上还要与他联系,他就给兰湘婷发一短信:我在出版社校书稿,今天没有时间了,明天再联系。

南柯校对到晚上十二点，才把书稿校完。把书稿放到桌上时，他才感到肚子饿得咕咕叫。出了门，一阵冷风吹来，南柯觉得真是饥寒交迫。他头顶着细碎的雪花，走到街口，吃了一大碗粘面，然后拦车回到家。

次日起来看时间时，他发现有一个信息。原来是兰湘婷昨晚零点四十四分发来的：你回家了吗？早点睡哦。晚安。

南柯想：那么晚了还给我发一个信息，说明她是惦记我的。他心里觉得很温暖，于是回了一个信息：早上起来才看见你昨晚发的信息。爱你。不时想起你，心里满是对命运的感激，觉得生命是这么美好，又是如此残酷。好好复习，祝你考出好成绩！

南柯心想，对于兰湘婷，不期望她有多么大的回报，只期望她能是一个知情知义的人，若是遇见有情有义的人，就很知足了。

中午时分，兰湘婷回话了：谢谢！我会好好复习的，你也要乖乖地多办点事哦。

学校放寒假前几天，南柯一直没有见到兰湘婷。兰湘婷对南柯说，她这几天除了考试，要与男朋友多待几天，她的男朋友已经考完试放假了，准备回东北老家。南柯对此也能理解。不过，他知道，他在兰湘婷的心目中，顶多只是一个次要的从属地位。意识到这一点，他的心里有点惨然，同时也就有了一丝淡然。

过了两天，南柯给兰湘婷发了一个短信：今天能见吗？考完试跟我联系。想你！

兰湘婷回道：今天还有事，再过两天吧。

又过了一天，南柯给兰湘婷短信说：一日不见，如隔三秋；望穿秋水，音信杳无；此恨何长，此心何苦！

兰湘婷没有回音。

这天早上，兰湘婷给南柯发短信说，她早上送男朋友到车站，人一送走她就没事了。南柯回道：那你忙完跟我联系。十一点，兰湘婷打来电话，说她在火车站，问他怎么办？南柯说，你在车站旁的尚仁大酒店门前等着，我们在那里见面。南柯打车过去，兰湘婷正在酒店门前徘徊。

"你什么时候走？"一见面，南柯就问兰湘婷的行程。

兰湘婷说："明天早上八点半的火车。柳晴是明天晚上八点的火车。"

南柯沉吟了一会儿，说："那没有多少时间了。"

兰湘婷说："是的。我还要回学校收拾行李，东西还不少。"

南柯想了想，说："早上八点半的火车，你们学校离火车站又很远，这一路堵车厉害，走得太早没有必要，走得晚了怕赶不及。时间还是紧。"

兰湘婷说："那怎么办？"

"这样吧，我们在车站附近找一家酒店住下，把行李取来，明早到车站就方便多了。"

兰湘婷说好。

两人挽着手开始找酒店。先进了尚仁大酒店，南柯一看房间标价，一个标准间一晚要四百多元，觉得有些贵，但已经进来，也不好出去，就准备开一间。不料服务员说，客房已满。又去了旁边两个酒店，居然都是客满。南柯和兰湘婷站在天桥下的十字路口，一时不知去向哪里。兰湘婷看南柯，南柯想了一下，给在皇城区政府工作的一位同学打了一个电话，这位同学曾请他在皇城饭店吃过饭，看起来同学与饭店很熟，他请同学与皇城饭店联系一下，看能不能定一个房间，说外地来了一个朋友要住。同学很快回话，说已经联系好了，房价打七折，一晚上一百四十元，问行不行？南柯忙说行。

到了皇城饭店，南柯在总服务台办理入住手续，一位女服务员热情地接待了他。他拿着房间钥匙，与兰湘婷上了十一楼。

房间还挺大，就是有点旧了，不过一应设施俱全，看起来也还干净。南柯说还不错，兰湘婷也说挺好的。兰湘婷把随身带的小包放到桌上，说先洗个澡。她从包里掏出一个湿的小毛巾，牙刷、钱包、发卡，还有一块面包、两个苹果和一根香蕉。南柯一看这些东西，就明白她昨天晚上没有地方住，肯定与男朋友在影厅混了一夜。但他没说什么。兰湘婷看了看他，倒大方地说，昨天晚上没有回学校，在一个电影院缩了一晚。

兰湘婷洗澡时，南柯站在窗前看街景。接着又打开电视看了一会儿，听到卫生间水哗哗地响，他等得焦急，过去把卫生间的门推开一条缝。兰湘婷裸身站在莲蓬头下，正冲洗着，水从脸上漫下来。她双手捂在胸前，噘着嘴，要他不要看。南柯笑笑说，洗得那么慢，快一点。兰湘婷说，我喜欢水，要让水多冲一会儿。南柯闭上门坐到床上接着看电视。

过了一个多小时，兰湘婷才裹着洗澡巾出来。南柯看她的脸红红的，眉清目秀，透着妩媚，不禁心旌摇动。过了一会儿，南柯要解自己的衣服，兰湘婷却坐起来说，先吃饭吧，我快饿坏了。南柯看了看她，按下了自己的激情。兰湘婷穿好衣服，把摊在桌上的东西匆匆收拾到小包里，与南柯出了门。

两人先到北院门楼北楼吃了羊肉泡馍，然后在麻家十字买了几斤腊羊肉和腊牛肉，又买了一饭盒"东南亚"甑糕。南柯说给兰湘婷带到路上吃，也带回家让家里人尝尝长安的风味小吃。他说，这个"东南亚"甑糕很有名，很好吃，远销"东南亚"，不过这个"东南亚"

并非那个东南亚,而是东关、南关、聋哑学校的简称。兰湘婷一听笑了。两人又转到北院门,兰湘婷又要了两斤柿子饼,要了两个手工提包,说是回去送人。南柯付了账。又到商店买了一堆食品和饮料,兰湘婷再挑了一些水果,这才满载而归。

东西放到皇城饭店,兰湘婷也不休息,说要回学校拿行李。南柯与她又打车到了河西艺术学院。南柯要陪兰湘婷进女生宿舍,兰湘婷说,门口的阿姨不让进的。南柯说,我就说我是搬东西的。进门时,管理员倒也没有认真挡,问了问,就让进去了。兰湘婷住五楼,进了宿舍,南柯看见柳晴一个人坐在架子床上,还有三个女生挤着坐在窗前的桌子旁。南柯微笑着向她们打招呼,那三个女生似乎没有看见,只有柳晴和他热情地打招呼。

柳晴从床上下来,那三个女生则出门去了。

南柯对兰湘婷说:"看来你和她们的关系处得不好。"

兰湘婷说:"不要理她们。她们是神经病。"

柳晴笑着解释说:"主要是看我俩老往外跑。"

南柯惊奇地说:"还有这等事?你们出去跟她们有什么关系?又不妨碍她们。"

兰湘婷说:"嫉妒呗。"

南柯问:"嫉妒什么呢?"

兰湘婷说:"嫉妒我们在外面有朋友。她们没有,所以嫉妒。"

南柯摇摇头,没再说什么。

兰湘婷整理了一大箱子东西要带回去,还要带一个琵琶。南柯说你带这么多东西路上不方便,兰湘婷说都是要用的。南柯问她带琵琶有什么用?兰湘婷说她和柳晴选修了琵琶,假期要加紧练。

南柯问柳晴明天怎么走?柳晴说她是晚上的,不急,齐老师说要送。

兰湘婷收拾完东西,一摸口袋,突然说车票找不见了。南柯说你开玩笑吧。兰湘婷说就是的就是的。柳晴帮她又在她随身背的小包里和装好的箱子里重新找了一遍,没有找见。兰湘婷回忆说,我是把车票放在钱包里的,钱包也不见了,又对南柯说,我们买东西时是你提着这个小包来着,会不会被小偷偷走了?南柯说,不可能啊,我提得那么低,小偷要偷得弯下腰,不那么方便啊。柳晴问,现在怎么办?兰湘婷说,现在的票很难买。南柯笑着说,别慌,找不见了,你就在长安多住几天,或者干脆别回了。兰湘婷说,在长安我到哪里住?学校宿舍假期封闭的。南柯说,有我啊,肯定让你有住处,总不会让你露宿街头吧。兰湘婷说,不行不行,你得给我赔票。南柯说,再买一张票很容易,问题是,怎么就一定是我给你弄丢的,也许是你昨天晚上和男朋友在一起时不小心弄丢的。兰湘婷说,不可能不可能,我刚才在饭店里还看见票在钱包里的。柳晴问,那你会不会连钱包一起忘在饭店里了?兰湘婷说,不会啊,钱包我总是随身带的。南柯说,先不要急、不要慌,过一会儿去饭店看一看,实在没有,再想办法吧。

兰湘婷就急着回去找票。她让柳晴跟她一起去,柳晴说,我还要等齐老师,齐老师说他下午有个会,我要等他的电话,你们先走吧。兰湘婷说,那你与齐老师联系好了,一定来哦,那边宾馆还挺不错的,干脆,你们晚上也住在那里好了。南柯说,咱们先走,柳晴你一会儿和齐老师一块来。

南柯与兰湘婷回到皇城饭店,一进门,兰湘婷先去桌上看,一眼就看见她的钱包。她急忙打开,一看票也在。南柯见了,说,这下你放心了吧?兰湘婷松了一口气。

南柯的手机响了,一接,是前妻打来的,说女儿有些发烧,让他陪着去医院看看。南柯是特别爱女儿的,他曾经说过,在这个世上,他最爱的人就是女儿。平时,凡是牵涉女儿的事,他都是亲自过问,特别是看病买药这样的事,从不让前妻插手。南柯是一个很细心的人,女儿上医院打针用药,他都要仔细地向大夫问清楚，还要检查药和针，看有没有错误。所以，凡是关乎女儿的比较重要的事，前妻都交给南柯去办。南柯这时真是为难了：扔下兰湘婷吧，说不过去，你已经把人家领出来了，而且是住在外边饭店里，又是最后一晚，怎么能让人家一人待在这里呢；不看女儿吧，心里也不安。他踌躇了一会儿，决定还是陪着兰湘婷。女儿感冒了，南柯当然很揪心，但事已至此，还是先顾"义"吧。对女人也是要讲"义"的。他要前妻先带女儿去医院看看，说他现在在外地，一时不好回去。前妻说手头钱不够，南柯说，你先想想办法，回头我会把医疗费给你的。

过了一会儿，柳晴打来电话，说她和齐文晋来了。南柯就说，先吃饭，吃罢饭再上来坐。两人出去，与齐文晋、柳晴会合。吃过饭，兰湘婷和柳晴说想在街上转转，几个人就沿着尚仁路、东大街走。南柯对逛商店兴趣不大，齐文晋也一样，两个哥们只是陪着两个女友转。兰湘婷和柳晴兴致很高，转了这家进那家，转到服装店，更是流连忘返。兰湘婷看上了一件白色羽绒服，试来试去，爱不释手，问南柯好看不好看？南柯左右看看，说，还不错。兰湘婷又让柳晴看，柳晴说很漂亮。兰湘婷在镜前照前照后，就是不脱下来。南柯一见她真是喜欢，说，那就拿上吧。南柯付了钱，兰湘婷也不脱,穿着新衣服继续逛街。逛到一家名叫迪彩的发卡店,兰湘婷和柳晴挑来挑去,一人选了一个,一问价钱,兰湘婷选的要一百八十元,柳晴选的要一百一十元。两个姑娘讨价还价,服务员坚决不让,说价格不让,但可以参加她们的活动,这就是积分,积到一定分,可以送礼品。南柯没想到这一个小小的发卡竟要么多的钱,也帮着还价,还叫来店主,对方死活不让。南柯说,走走走,不要了。几个人出了门,南柯看看服务员没有出来叫,就说,看来这个价是降不下来了,买了吧。兰湘婷以为这就不买了,一见南柯回头,显出欢喜万分的样子。

南柯和齐文晋各自给女友付了账。出了店门,两个姑娘拿着发卡,不一会儿就要拿出来欣赏一下,南柯没想到她们会如此高兴。他想起牙生华曾给他说过的话,女人特别喜欢男人给她们送礼品,送的越贵越高兴。

兰湘婷问他,你是不是没有想到会这么贵?南柯说是的,一个小小的发卡竟然要这么多钱,真是不可思议。兰湘婷问,那你以为这个值多少钱?南柯说,我看最多值三十元。兰湘婷说,这些东西本来就贵,品牌的更贵。齐文晋说,我看只值十来块钱。柳晴和兰湘婷就笑他们。齐文晋说,怪不得人说商家主要是赚女人和孩子的钱,这些小玩意都卖这么贵。

逛了两条街，看看时间已近十点，几个人回到饭店。进了房间，南柯自然与兰湘婷坐在一张床上，齐文晋与柳晴坐另一张床上。兰湘婷拿着发卡就要往头上戴，让柳晴帮忙，柳晴笑着说，你身边有人，还要我帮忙，我不帮你。南柯就试着给兰湘婷戴。兰湘婷本来是披着头发的，现在将头发梳起来，盘在头上，南柯给她别上发卡，显得挺拔而有精神。兰湘婷照了照镜了，很是满意。柳晴也变换发型戴上发卡，让齐文晋看，齐文晋说非常漂亮。兰湘婷和柳晴互相望着，显得很高兴。

南柯看着盘起头的兰湘婷，觉得她虽然瘦了些，神情却有点像唐代的仕女，就把这个感觉说出来。齐文晋说，你研究唐代文学，看什么都像唐代的。南柯说，真的，她有点像唐代的佳人，如果再丰满一点的话，就更像了。

这是最后一夜了，南柯很想与兰湘婷亲近地待上一夜。他也渴望兰湘婷的身体。他搂着兰湘婷的腰，两人斜倚在床头，与对面床上也倚在一起的齐文晋和柳晴有一搭没一搭地拉着话，心里却希望着齐文晋与柳晴赶快离开、找地方安顿下。他很奇怪，齐文晋与柳晴也是最后一晚了，难道不想在一起吗？

齐文晋把手搭在柳晴身上，却没有特别亲密的动作，看得出来，他多少有所顾忌。

南柯笑着说："齐老师，怎么样，在这里也开一间房吧？"

齐文晋不表态，看着柳晴。柳晴笑着，不说话。

"不想在这里开房间，去齐老师家也行。最后一晚了，你们再说说悄悄话。"南柯又说。

齐文晋还是看着柳晴，说："听柳晴的。"

南柯说："你怎么让人家女孩子说，你一个大男人家应该拿出决断，女孩子怎么好意思说？"

齐文晋还是犹豫着。南柯对他的行为很困惑，不知为什么。

南柯看看时间，已经过了十二点。齐文晋还在犹豫着，不说开房间，也不说回去。柳晴则笑着不表态。兰湘婷对柳晴和齐文晋说，不用另找地方了，就住在这里吧，我们晚上好好聊聊。南柯看着齐文晋。齐文晋问柳晴去不去他家？柳晴笑而不语。南柯说，问这样的话都是多余，拉起来走就是了，当断不断。

齐文晋一起来，柳晴也很快下了床，看来她是在等着男人安排。

送走齐文晋和柳晴，南柯与兰湘婷回房，刚一进屋，南柯就紧紧抱住了兰湘婷。疯狂地吻了一会儿，他开始脱她的衣服。兰湘婷娇声说着我还要看电视，南柯说电视有什么好看的,很快脱掉了兰湘婷的衣服。兰湘婷说冷,南柯说我来暖你吧,他还想进入兰湘婷的身体,兰湘婷却躲闪着,说,我要留着结婚那天晚上的。

南柯也不勉强,就热烈地吻她,兰湘婷也热烈吻他。

过后,南柯问兰湘婷,你快乐吗?兰湘婷偎在他怀里,撇了撇嘴,说,没有感觉。南柯说,既然不快乐,你把我抱得那么紧干什么?兰湘婷笑道,我没有!说着又紧紧地抱住了南柯。

第二天早上起来,两人又亲热了一回,才起床。

早点不用在外面吃,两人就吃了先前买的牛奶面包,然后出门打车到了车站。皇城饭店离车站其实很近,只是不想走路,加之又提着东西,两人才要坐车。正是春运最紧张的时刻,车站上挤满了人。举目望去,差不多都是返乡的民工和回家的学生,大家都在寒风中等待。南柯在出站口找了一个关系,直接进了车站。

兰湘婷买的是硬座票。这一节车厢差不多都是学生。南柯拉着兰湘婷的手,他看出兰湘婷有些依依不舍。不一会儿,开车铃响了,南柯把兰湘婷送上车。兰湘婷的座位是靠门边的,这里拥挤了很多没有座位的人。南柯让兰湘婷坐到她的位子上,关照旁边一个女学生说,路上你们互相照顾一下。那个女学生很有礼貌地对他说,放心吧,叔叔!一听到叔叔这词,南柯感到了些许的不自在。他对那个学生笑笑,匆匆下了车。

车下还有许多送行的人。南柯站在车下,望着车窗内,他要等到车开。

兰湘婷在车里望见了他,给他发来短信:外面冷,回去吧!

南柯刚看罢,又接到一个:我会给你打电话的!

一分钟后又是一个:我会想你的!

车徐徐开了,南柯给兰湘婷发短信说:一路顺风。吻你!

兰湘婷回道:讨厌!后边还跟了许多感叹号。

南柯数了数感叹号,竟有二十一个之多。他心里想,有这么滥用感叹号的吗?记得有一次给一个企业家写所谓的报告文学,企业家要他宣传自己,审读他写好的文章时,硬要改动一些标点符号,省略号本来是六个点,企业家一定要改为十八个点,说这样才能显示出余味无穷的意思。南柯当时强辩说,这样不合规范,六个点足够了。企业家硬是不答应,非要再加十二个点凑为十八个点才罢休。现在兰湘婷居然一气用了二十一个感叹号,虽然不合规范,却也确实能见出她要表达的意思。凡事看来不能一概而定。

两分钟后,南柯又收到一个短信:你自己好好保重哦!天天开心!

南柯出了车站，坐上出租车，给兰湘婷发去短信：路上多保重！平安回家。爱你！

南柯直接到了前妻的住处。敲开门，前妻冷冷地问他：从外地回来了？南柯没有回答，直接奔到女儿床前，一看女儿躺在床上，脸上红红的，额上敷了一条毛巾。他用手摸了摸女儿的头，还有点发烧。女儿睁开眼叫了他一声："爸爸。"南柯的眼泪涌了出来，心里觉得愧疚万分。

我是不是太荒唐了？他问自己。

# 第十八章

南柯在女儿床边守了整整一天。天黑的时候,女儿烧退了,下来活动了一会儿,很香地吃了一顿饭。看到女儿没事了,他才千叮咛万嘱咐后回到自己的家。

回到家,他才发现手机丢了,一想,可能是在出租车上丢的。他坐车没有要发票,如此便无从找起,心想,算了,再买一个吧。

第二天早上,他又买了一个手机,用的还是原来的号。手机打开,有兰湘婷昨天下午七点零八分发来的短信:夜幕降临了,我听着歌,看着窗外,想着……你此刻在干什么?

他打电话给兰湘婷。

手机打通了,但没有人接。中午一点三十六分,兰湘婷发回短信:我刚刚才看见你打电话了,我还在长沙，到家后给你打电话。

两分钟后，又收到兰湘婷的一条信息：送你一粒幸福糖。含量成分：百分之百纯真情。配料：甜蜜＋温馨＋浪漫＋宽容＋忠诚＝幸福。保质期：一辈子。保存方法：珍惜！

南柯随之也发去一个信息：我的手机丢了，请再给我你家的电话。

兰湘婷发来了她家的电话号码，又问：你的手机怎么会丢呢？

南柯回复：在出租车上发过信息，可能没有装进口袋。

兰湘婷又问：号码怎么还是那个号码？

南柯：换手机专门要求的。你在长沙做什么？

兰湘婷：我玩一会儿，晚上就回去了。到家给你打电话。

晚上九点零三分，兰湘婷发来短信：我现在在家。

南柯用短信问：在家干吗呢？

兰湘婷：给妈妈看我给她带的东西。

这天晚上，南柯感到浑身无力，摸摸头，有些发烧。对自己的感冒，他没有放在心上，并没去医院，只闷在家里睡觉。

睡了两天，还未见好。晚上，他给兰湘婷发了一个短信：我病了。想再说什么，却没有说。兰湘婷没有回音。

次日他醒得很早。一打开手机，就有兰湘婷的信息，一看时间，是早上六点二十六分发来的：你的病好些了吗？好好休息。

南柯回复：病基本好了。

兰湘婷：你起得那么早？

南柯：六点多就起来了。你也起得很早呀。

兰湘婷：今天是过小年，祝你天天开心！

南柯起床后，心中有所感念，又给兰湘婷发了一个信息：雨雪交加，狂风呼啸。岁将尽兮事无成，心怀人兮天一方。欲驾白云涉沅水，山长水阔知何处。

中午时候，兰湘婷发来一个信息：送你一百公斤的平安，一千公斤的幸福，一万公斤的快乐！还有我称不出重量的"珍贵情意"。天天开心！

春节前这一段时间，兰湘婷因放寒假回到故里，南柯与她的联系主要是短信，很少通电话。这种短信联系后来也日渐少了。空间距离有时会加深男女之间的感情，这是因为距离产生思念，由于思念而更加怀恋；但更多的时候，则是疏远人的感情。

过了几天，南柯闲下来了。这天早上，齐文晋给南柯打来电话，说咱哥俩去净业寺吧，多次说去都未成行。南柯想想，是应该去了，不仅说了多次，而且说了多年。

两个人叫了一辆出租车进终南山。早上从城里出发，天气有些阴。午时进山，天上飘来了几星雨，落下了几粒霰。

车行进入终南山沣峪不远，就到了净业寺。净业寺主要建筑在山上，山下新建了一个山门，门额"净业寺"三字为南怀瑾所题，楷书。蜿蜒而上的山路，也多是新修的。石条铺路，倒也好走。南柯好久没有上过山了，近年来也缺乏锻炼，没走多远，就觉得累。问来过多次的齐文晋，还有多远？齐文晋叉腰立在上边的山岩上，俯视着南柯说，不远，以你这样的速度，最多一个小时就到了。上山的路，每走一段，就能看见路边立一木牌，上边记着一则佛禅故事。行人一边歇脚，一边阅读，也许就此有所觉悟。

半山上，南柯看到一个佛说放下的故事：

有一个人为寻求解脱，就去拜佛。佛对他说："放下。"他放下了左手持的花。佛再说："放下。"他又放下右手持的花。佛还说："放下。"他说："我已两手空空，没有什么可以再放下了。"佛说："我并没有叫你放下你手中的花,我要你放下的,是你心中的欲念和执著。当你把这些放下,你将从烦恼和痛苦中解脱出来,体味出生活的真意。"

读了这则"放下"的故事,南柯再一次细想人和放下的关系。很早的时候,他就听过一段佛语,曰:看破,放下,自在。南柯想,可是,人真能放下吗?比如事业,比如感情。不要说放下,就是断一个念头,都是难之又难啊。断念如移山。而移山易,断念难。儒家讲承担,佛家要放下。人到底是应该承担,还是应该放下?忙了一年,其实何止一年,是一年又一年啊。忙,其实是在承担。承担责任,承担道义。如今走在这上山的路上、朝佛的路上,佛又说放下。放下也好。放下了也就闲下了,就像今日这样。闲下了也就轻松了,轻松了也就自在了,自在了眼界也就宽阔了。不再烦恼,不再痛苦,也不再疲惫不堪,累得要死。

可是,真能做到长久放下吗?南柯问自己。他想,承担是有道理的,放下也是有道理的。看你选择什么,看你此刻选择什么。此刻我选择了放下,并不等于我明天还能放下。我今天放下了,我明天则必须承担。我明天承担了,我后天也可以再选择放下。承担,放下;放下,承担,周而复始。这也许就是我的命,我们的命?

光有承担，身和心都有受不了的一天；只有放下，也会觉得生命有不能承受之轻。

这样想着，不觉间就到了山上。

上了一个平台，迎面一个大殿，门上方悬一匾额，上书"以法护法"，行楷，有些拙笨。进了院子，里边并不很大，道旁挺立一棵大蜡梅树，繁花满枝，开得正灿烂。边门里有一石碑，不大，上刻赵朴初题字"律宗祖庭"。时值年终，寺内几无游人，甚是清净。齐文晋说去客堂，看他熟识的一个知客僧在不在？他去找人，南柯在门前闲看。客堂门两边有联，道是：归山来清净如斯，出门去悠游若云。意思好，书体也清逸洒脱，南柯很是喜欢，看了好一阵子，心想，心静如水的高僧出门去可能会悠游若云，我等在红尘中摸爬滚打，悠游若云只能是想象中的事情。正想着，齐文晋来叫，说他认识的那位知客僧恰好在，请他们进去。客堂右首有一个推拉门，门首立着一位清瘦的僧人，齐文晋介绍这是天律师父。南柯合十礼敬，天律把他们迎了进去，里边却是一个地炕，上面铺了褥子，中间放了一个小炕桌，有几位先到的客人正在喝功夫茶，看来跟天律很熟。他们坐下后不久，先来的客人起身走了，他俩就和天律闲聊起来。

窗台上置了两个瓶子，一个开片瓷梅瓶，一个普通的玻璃瓶子，一大一小，里边各插了一枝蜡梅，室内就有暗香袭人。天律背对窗户光，盘腿端坐，瘦脸灰衣，俨然魏晋僧塑。他不时把壶沏茶，面带微笑，跟他们讲这两天寺里的礼佛活动。南柯注意到他眼不斜视，目光澄澈，不慌不忙，话语得体，感觉是一位很有道行的僧人，亲切，也很可敬。他们啜着功夫茶，随便地聊着，寺里寺外，山上山下，丛林清规，红尘现象，话像一段云，随意地飘着。话说深入了，天律说到他现在的心境，心中也许还有所想，但已不为执著所苦，也乘公交车入城，看见灯红酒绿的市声，能以微笑视之。

　　南柯觉得，这种饮茶说话的清静与清闲，是许久没有了的事。不觉间，已是下午三四点。南柯提出到寺中再看看，天律就导引着他们转。来到一个石洞前，洞边石岩上有一细流蜿蜒而下，洞前有两条狼犬守护，南柯问，里边可以看吗？天律说，可以，里边是该寺的圣地，律宗的祖庭。他们进去，拜了供在洞中的律宗祖师道宣律师。又到崖畔的半山亭坐了坐，看了看远山。这里很险，亭悬半崖，下面即是万丈深渊，但视野却极为开阔。南柯看着远山，忽听山下隐隐有呼叫声一呼一应地传递上来。南柯身边的天律也呼叫着应答。南柯很是奇怪，问这一呼一应是干什么？天律笑答，本如师回山来了。后来转到一间宽大的客房，临窗有一画案，上边铺着宣纸，齐文晋说南柯的书法如何了得，天律就请南柯留下墨痕。南柯提起笔，写道："选得幽居惬野情，终年无送亦无迎。有时直上孤峰顶，月下披云啸一声。"书后题字："壬午岁末书唐人李翱诗于净业寺。"

齐文晋说，山上还有一个白居易的衣冠冢，白居易曾任秦岭北麓的周至县尉，当年足迹遍及终南的山水。白居易亦曾皈依佛门，号香山居士，他的衣冠冢为什么置于这终南山的净业寺，至今无人可解，但可以肯定，他与净业寺有着不同寻常的关系。南柯看了看山上，有些远，没有上去看。

天色向晚，两人准备下山的时候，下了一点雨。是雨，不是雪。南柯在院子里站着看梅花，那里有一树梅花，蜡梅，开得正好。这时候他看到一个人，矮矮的个子，戴了一副眼镜，肩上还披了一个披肩，灰灰的颜色，跟古代大约是晚明时期山水画里边看到的山中隐士那般的一个人，风尘仆仆地走进寺来。齐文晋对南柯说，这就是本如法师。随即过去与本如说话。在客堂喝茶时，天律说，本如法师云游去了。问去了哪里？天律笑说，云游就是像云一样在天上飘，风吹到哪个方向，它就飘到哪个方向，不知道什么时候走了，也不知道什么时候就回来了。南柯对本如也有耳闻，听说对佛法深有研究，也云游，也闭关，也与南怀瑾对话。他想，这样的一个僧,不是一般的僧。那边,齐文晋说,本如法师,能否请你在你有时间的时候,到我们学校去给学生们讲一讲佛的道理?本如呵呵笑着,说:"佛的道理,是能讲的吗?那是需要体验的啊。"

一边看梅的南柯,听了深有感触。他想,是的,佛的道理,不是讲出来的,要体验,要在体验中领悟。人生的很多道理,不也是这样吗?

齐文晋介绍南柯和本如认识。南柯向本如合十,没有说什么;本如也向南柯合十,没有说什么。

下山的时候,齐文晋说,本如还住在山的上头,他在那里修行。南柯向上看,唯见那里一片苍翠。

# 第十九章

大年三十晚上，南柯先收到齐文晋发来的短信：祝羊年，做人羊眉吐气，生意羊羊得意，前程羊关大道，烦恼羊长而去。南柯看着这似通非通的祝词，微微一笑。接着是如忆发来的短信：祝你在新的一年里，事业正当午，身体壮如虎，金钱不胜数，悠闲像老鼠，浪漫似乐谱，幸福非你莫属，给你拜年！南柯看了，心想，这么实用的祝词，也符合如忆的性格。许梅也发来一个短信：把每个朋友当成亲人，把每天当成过年，把每个信息都当成祝福，把初一当成初夜，孕育一个宝贝，亲吻在来年的三十夜里，新年快乐！南柯想，许梅作为一个女人，在生意场上搏斗，真是很不容易，难得她有这么一份豁达。

八点刚过，兰湘婷发来一个"天气预报"：新的一年你将会遇到金钱雨、幸运风、友情雾、爱情露、健康霞、幸福云、顺利霜、美满雷、安全雹、开心闪。请注意：它们将会缠绕你整整一年！新年快乐！

南柯心想，又是一个批发的短信。

过了一会儿，柳晴也发来一个短信：日，给你温暖；月，给你温馨；我，给你祝福，祝你运气像雨点一样密集！烦恼像流云一样飞去！忧愁像恐龙一样灭绝！幸福像蜂蜜一样甜美！新年快乐！

南柯不喜欢这种到处批发的东西，但也要给每一个人都发一个短信祝福，来而不往非礼也。他针对每个人的现实情状，各发了一句祝福的话。

给兰湘婷发时，他踌躇半晌，不知说什么好。最后，只发了三个字：新年好！

他想，虽然只是三个字，但这三个字确是他真实的内心所想，而不是空洞的祝福。

大年初一早上，南柯和女儿回到乡下看父亲。早上接到兰湘婷一个短信：在忙什么呢？年过得好吗？南柯给她回道：我在乡下，给老父拜年。想你。

当天晚上，南柯和女儿回到城里。女儿又到她妈家去了。

此后几天，南柯一直待在家里，看书、听音乐。他不喜欢凑热闹，也无处可去。

在家枯坐了将近半个月，没有人理他，兰湘婷也未曾跟他联系。他想，兰湘婷可能正欢天喜地地过年呢。

这一天傍晚时分，南柯从高高的楼窗往外望，天上飘起了似有似无的雪花。他在窗口呆望了一会儿，又回到客厅坐下，瞥了一眼日历，是农历的正月十五，元宵节。他不知道该干些什么，就倒了一杯茶，打开音响，放了一张《寒山僧踪》的CD，一边喝茶，一边听音乐。

伴随着《寒山僧踪》的乐声，南柯进入了一种迷离恍惚的情境之中。

忽然间，他想起一个人。他想给这个人写一封信。用毛笔写。他从小就临帖，后来喜欢写行书，最爱宋人米芾的字，他的字也多少得一点米字神韵。

神来了，他就坐在桌前，找出一沓很久都不用了的木刻彩印宣纸信笺，西泠印社出的，取出一管狼羊兼毫的小楷笔，开始写信。

晓卉：

　　离开长春，回到长安，屈指算来，已逾半载！

　　在这旧历岁首，才给你写信，是太迟了。

　　迟迟没有写信，是不能忘记。

　　一步一步离开东北，一站一站回到西北，回到长安，经夏历秋复冬，我常常念想东北的木化石——一亿三千万年前的木化石。前一些日子,我到渭河边的泾阳县,就是唐传奇中柳毅传书的地方,去看吴宓的家乡安吴堡。在吴家的大院深宅之中,也看到了一尊木化石,高约丈许,宁静而孤独地挺立于第一个庭院之中。昔日辉煌的吴家现在已经没有人了,因此这座壮美的深宅大院很多年来就一直空着。一个乡间女人打开吴家大门的锁,领我进去,介绍说这是一柱木化石。但是没有人注意。我仔细地看它,发现它跟我们见到的木化石不一样,我们见到的木化石更像木头,而这柱木化石则更像石头,嶙峋冷幽,闪着石头才有的磷光。我想,这柱木化石的年代可能要更早。去年六月,在锦州,我第一次见到木化石的时候(也许以前我也见过,只是没有在意),在那个傍晚,在我们笑着一起在木化石旁留影的时候,我深深地感到,我与木化石,木化石与我,一定是有一种缘分的。我甚至固执地认定,我们一定是在一亿三千万年前就已经约好,它在这里定定地等我,等我一亿三千万年,而我,则从遥远的西北来到东北,在此时此刻,在游人散尽的黄昏,我们相逢,或者就是重逢!

我喜欢木化石。喜欢它的美丽,喜欢它的宁静,喜欢它的冷幽,喜欢它的悲怆,喜欢它的执著。我在骨子里是喜欢美丽而固执的东西的,美因为固执而孤独,因为孤独而更美。美是不同于流俗的。

带一尊木化石回到家乡,哪怕是很小的一块,能朝夕观赏我的心爱,就成了我的一个念想,一个挥之不去的固执念想。

一切都说好了,只等着我去取。在朝阳。我从长春到沈阳,从沈阳再到朝阳。路线都已看好。

然而,最终,我还是没有去成。我想,这也许就是宿命。

临行的那一天,我喝醉了。醉得昏天黑地,醉得一塌糊涂。

本来是要一早就走的。行李都已经提在手上。在长春住了两天,看了两天,两天之后,我忽然就想着走。本来是想着多住多看,还要去看哈尔滨的。因为是第一次到东北。忽然就想着要走,一定要走。一个人去朝阳,去看去买我朝思暮想的木化石。从长春到沈阳再到朝阳,或从长春到锦州再到朝阳。尔后,再去承德。看看那里的寺庙,再登高北望,看一看我喜欢的草原。辽阔的草原。天边的草原。长春是美丽的,但它过于凄伤。美,但属于过去。那一段过去,美得耀眼却刺人眼目。我想去看看辽阔的草原,让辽阔的天风吹一吹自己,看看蓝天白云，也许心会宁静下来。于是下定决心走。在握手言别的时刻，却有人要送行。是送别人，要我作陪。于是，我就借着别人的酒喝醉了。很多年来，滴酒不沾的我，居然一杯接一杯地喝起来。很难说清，是因了劝酒者的盛情，是本来就想喝酒，还是太过伤感？

酒啊，真是一言难尽的酒。一杯又一杯，一瓶又一瓶，酒席桌上，西北汉子绝不输给东北汉子，长安文人绝不逊色长春文人。多年来一直清醒、理性的我，突然间渴望一醉，一醉方休。是世人皆醉，唯我独醒；还是唯我独醉，世人皆醒？而醒又如何，醉又如何？醒也无奈，醉亦无何。那就醉吧！抽刀断水，举杯消愁。

后来就沉醉不醒。直到天色近晚。

后来我一个人坐在周围皆是伪满时期建筑物的宽阔广场上，任晚风从草间吹来。身旁人来人往，我却一直注目在草间追风的一个儿童，不明白他为什么那么天真。

一直坐到被人送至车上。在似醒非醒的蒙眬中，我到了北京。北京的东边是东北，西边是西北。这是一个中间地带。因了距离，我忽然明白，我的醉是因了伤感。可为什么伤感？竟伤感得如此沉醉？

伤感在过了伤感的年龄?

长安的夏天热风浩荡。长安的秋夜月色如水。长安的冬天很少下雪,但冬夜很长。也许长春的冬夜更长。

那么木化石呢?

在后来匆忙的日子里,我常常想起木化石。

渐渐地我明白了,木化石原来不是石,它本来是一个活泼泼的生命。因了某种原因,这个生命沉睡了,一睡就是一亿三千万年。在沉睡中,它生命的热力逐渐冷却,渐至冰凉,以至冰冷。或许是因了东北的雪,和东北漫长的冬天。在那六月的黄昏,在夕阳斜照的余晖中,我曾流连于木化石旁,惊叹它美丽的同时,慨叹它的绝望。是的,木化石一定是绝望的,不然怎么会变成石头?木的纹样还在,仿佛一个美丽的微笑还挂在脸上,但却因了铺天盖地的绝望,在一刹那间化作了石头。绝望的木化石绝望得坚硬而固执,我在那里曾试图掰下它一小块,非常非常小的一块,用尽力气却终至不能。

我明白,我和木化石、木化石和我,一定是有缘分的,不然,我们为什么会在一亿三千万年后重逢?不然,为什么它要在那里等我?而我又为什么会喜欢上它?但木化石一定是等得太久了,以至绝望以至全身冰冷。

  我明白，木化石只能是我的一个念想，永远的念想。

  木化石是悲观的。悲观的人一定是深情的人。因为深情，因而失望；因为失望，因而悲观。

  小顾，你还记得那木化石吗？

  遥祝

新春好！

信写完，已是半夜。南柯望望窗外，雪已经不下了。

第二天，他把信挂号寄出。

但是后来，一直没有收到回信。

# 第 二 十 章

学生临近收假的前两天，南柯在家读书，兰湘婷发来短信：在忙什么呢？南柯放下书，笑了笑，回道：想你呢。兰湘婷：你在家吗？南柯：在家。你想我吗？兰湘婷王顾左右而言他：哦，我猜得还很对嘛。过两天我就要回来了，你想吃什么？南柯：想吃你。兰湘婷：嘻嘻，我和柳晴都是二十一号到。齐老师说去接柳晴，你去吗？南柯：让我去我就去。我去接你，好吗？兰湘婷：好的，明天告诉你准确的时间和车次。

到了二十日中午，南柯收到兰湘婷的短信：你明天不用安排接我了，有一点小意外，我到长安会给你打电话的。南柯问她：你什么时候到长安？兰湘婷回道：可能晚一天吧，我会和你再联系的。

南柯想，兰湘婷突然变卦的原因，肯定是她的男朋友要去接她。兰湘婷曾说她的男友这个学期不来长安上学了，准备在北京读三个月书，然后直接去日本，手续都办得差不多了。看来，这个男友又回来了。

南柯对自己说：看来是把你剩下了。

过了几天，齐文晋给南柯打电话，说兰湘婷和柳晴已经返校，今天没事，大家晚上在一起吃个饭。傍晚时分，南柯赶到北方大学门口，与齐文晋等人会合。见到兰湘婷，南柯跟她打了个招呼，兰湘婷向他笑笑。南柯感觉两人之间有点生疏。齐文晋问去哪里吃饭？南柯想了想说，荞麦园吧。四个人就上了一辆出租车。齐文晋坐副驾驶位置，南柯与兰湘婷、柳晴坐后排。路上，柳晴说兰湘婷给南柯带了一样好吃的东西。南柯问是什么？兰湘婷说是湖南特产酱板鸭，好吃极了。南柯说，大家有福同享，一会儿都尝尝。南柯虽然与兰湘婷挨着坐在一起，以往，他都是搂着兰湘婷的，今天见了，多少有些生疏，就内心犹豫。快到荞麦园时，他才鼓起勇气，把手放到兰湘婷的背后。兰湘婷却一扭身，向柳晴身边靠，明显是躲南柯的意思。南柯意外中有些尴尬，笑了笑，把手抽了回来。

到了荞麦园，四人上二楼拣了一个靠窗的桌子。齐文晋与柳晴坐一边，南柯与兰湘婷坐一边。南柯点了几样菜，又要了一个盘子，把兰湘婷带来的酱板鸭切开摆在桌上。南柯请大家一起吃，他夹了一块，吃到嘴里，感到一股怪味，很熟悉，却一时想不出来这是什么味。他对这种味道很不习惯，甚至有些反胃。兰湘婷问他好吃吗？他"嗯嗯"了两声，不置可否。兰湘婷夹了一块，香香地吃起来。齐文晋尝了一块，也不吃了。柳晴以前吃过，也满有味道地吃了几块。南柯硬是咽下了夹到嘴里的肉，再也没有动一筷子酱板鸭。点的菜也上来了。几个人边吃边说闲话。许久，南柯终于想起这个酱板鸭的怪味是什么了，是看牙时医生往牙里打的一种药的味道。

南柯笑着问兰湘婷："你的男朋友走了？"

兰湘婷不置可否，王顾左右。

南柯也不再问。

说了一会儿春节期间的趣事，南柯感觉气氛慢慢好起来。他去拉兰湘婷的手，兰湘婷又躲过了。真是生疏了，南柯想。

吃罢饭，几个人出门，站在街上商讨去什么地方。齐文晋问南柯，南柯说随便，再问两个女生，两人也都说随便。齐文晋迟疑了一会儿，对南柯说，还是你拿主意吧。南柯说，天这么冷，没有什么好去处，不如去你家吧。齐文晋看看两个女生，两人都不反对。南柯说，那咱们就走吧。兰湘婷却说，刚返校，还差一些生活用品，想去超市买点东西。齐文晋说，前边就有个超市。

进了超市，兰湘婷和柳晴在前边选东西，南柯与齐文晋在后边跟着。兰湘婷在牙膏货架边走来走去，挑了一个最贵的；又挑了一个牙刷，也是最贵的。她问南柯，要这个吧？南柯想，看她平时用的，也都是一般牙膏，选这么贵的没有必要，但他只是说，也好。看南柯同意了，兰湘婷又去挑了一盒洗面奶，当然也是最好的。南柯付了钱。齐文晋也给柳晴买了几样生活用品，兰湘婷又去食品货架，说是买早餐，挑了牛奶和蛋黄派，也是最贵的。

到了北方大学门口，兰湘婷又说，好几天没有吃水果了，想再买点水果。齐文晋怕他跟学生一起走有人看见，说他先回家，南柯就陪着兰湘婷和柳晴去买水果。南柯又提东西又埋单，心里感觉不是滋味，但他没有表现出来。以前也给兰湘婷买过东西，还帮她交过话费之类，他基本是乐意的，也都是主动的，但是今天，他感觉心里很不舒服。他心想：我成了一个什么角色，一个跟班和埋单的？

但他很快在心里驱除了这些想法，觉得应该谅解兰湘婷。毕竟还是学生，没有什么经济来源，靠父母薪水上学，艺术学校学费又实在太高，她确实也不容易。再说，年轻姑娘嘛，喜欢好东西也是人之常情，自己想多了。

到了齐文晋家,已近夜里十点半了。兰湘婷和柳晴先吃水果,齐文晋忙着倒水,南柯挨着兰湘婷坐下,兰湘婷却向旁边闪了闪。

他盯着兰湘婷:"你怎么这么生分呢?"

兰湘婷不回答,只顾吃苹果。

南柯就没有了情绪,坐在那里不太说话。

十一点半,两位姑娘要走。齐文晋与南柯互相看看,没说什么,两个姑娘就走了。

南柯对齐文晋说:"兰湘婷见了我好像很生分,不知怎么回事?"

齐文晋说:"柳晴也是。"

"分离造成了距离?"南柯像是自言自语。

"总觉得她们怪怪的。也不知是怎么想的。"齐文晋说。

星期天早上,南柯发现家里地板上有一行水迹,一检查,是暖气管道接口处渗水。去物业找水电工来修,齐文晋打来电话,说兰湘婷和柳晴在他家,让过去一起玩。南柯说正在修暖气,修完再联系。中午一点,齐文晋又打来电话,说他们在南二环一家火锅店吃饭,要南柯过去。南柯磨磨蹭蹭赶到那家火锅店时,齐文晋三人等不及已经吃了起来。齐文晋解释说,两位姑娘饿坏了,所以就先吃了。南柯说他也不饿。兰湘婷旁边空着一个位子,显然是给他留的,南柯就坐在兰湘婷身边。

兰湘婷见了他没有说什么话,只是看他。

南柯看着兰湘婷,笑笑,然后跟齐文晋说话。

吃罢饭,齐文晋说他回学校办点事,让南柯先带两个姑娘去玩,柳晴说她也有点事,估计四点就能办完。南柯看兰湘婷,兰湘婷说她没有事。南柯想起省社科院有一位搞哲学的朋友曾给他打过电话,请他今天下午到新闻大厦听一个学术报告会。南柯就问兰湘婷愿不愿意去听这个关于哲学的学术报告?兰湘婷说反正也没事,听一听也行。

两人打车到了新闻大厦。原来这个搞哲学的出了一本书,想宣传一下,请了媒体和一些文化界人士来聚一聚,学术报告不是很重要,重要的是新闻发布,不是那种正儿八经的研讨会。

南柯和兰湘婷在门口接待处各领了一本书,然后被领到一个大会议室坐下。

南柯见到几个熟人,大家打了招呼;也见到作者本人,两人寒暄了几句,南柯对作者表示祝贺。作者要他多批评,南柯说他要认真学习。

听了一会儿报告,南柯兴趣不大,就有些坐不住。他看兰湘婷的神情,也是没有听进去,于是悄声对兰湘婷说,我先出去,你回头出来,咱们到街上去转。

两人一前一后溜出会议室。出了新闻大厦,南柯问兰湘婷想去哪里?兰湘婷想了想说,去书店转转吧,她想买两本书。南柯与她就到了附近一家书店,兰湘婷转了一圈,说没有她要的书,就出来了。兰湘婷说,去东大街转转吧。南柯尽管对逛街不大乐意,还是跟着走了。

走到钟楼,兰湘婷接到柳晴电话,柳晴说她已经办完事,兰湘婷就要她过来一起逛街。等柳晴的时候,兰湘婷看到旁边有一家女士服装店,就说先进去看看。南柯也随之进去。兰湘婷转来转去,看中一件上衣,试了试,问南柯好看不好看?南柯说还行,但不是太提人。兰湘婷见他没有明确的肯定,又拿了另一件上衣穿上让他看。南柯依然给了一个模棱两可的评价。正试着,柳晴来了,兰湘婷又穿上两件衣服让柳晴比较,柳晴说两个都好看。兰湘婷又看南柯,南柯说,你要看着好就拿一件吧。兰湘婷就挑了一件,南柯付了钱。

出了门,柳晴接到齐文晋电话,说他已经办完事。兰湘婷说,叫齐老师过来一起逛街吧。柳晴就让齐文晋到钟楼来。

南柯平时最不喜欢的就是逛街,对这样的逛街实在有些烦,刚好这时接到一个电话,他就借口说物业上要来修暖气,他必须回家去。兰湘婷看着他,显得不太高兴,嘴里却说,你要忙就先忙去吧。柳晴睁大眼睛也看他。南柯向两个姑娘笑了笑,走了。

第二天,兰湘婷问他暖气修好没有?南柯说修好了。

过了几天,南柯到长安师院参加一个学术研讨会。这天吃罢晚饭,南柯与秦钟散步到竹里馆喝茶。南柯与秦钟有段时间没有见面了,两人一边喝茶一边说着闲话。天黑下来时,秦钟对南柯说,咱们两个男人坐在一起,少了点气氛,请女朋友来吧。南柯想了想说,那就叫兰湘婷吧。南柯给兰湘婷打电话,兰湘婷说她与柳晴正在街上买东西,南柯请她到竹里馆来喝茶,兰湘婷说她可以来,但要叫上柳晴,还要叫上齐老师。南柯说,随你便吧,我在竹里馆二楼等你。

过了一个多小时,兰湘婷和柳晴先来了。柳晴说齐老师随后就来。

两个姑娘坐在一边,嗑着瓜子,却不开口说话。南柯与秦钟没话找话闲扯了一阵,两个姑娘有一句没一句地接着,场面显得有些冷。南柯目光溜到墙上,见有一幅字,上面写着"惜缘"。他心有所感,说,佛家讲缘,中国人也爱说缘,其实这缘真是来之不易,人常说百年修得同船渡,千年修得共枕眠,缘是苦修得来的,所以要惜,惜缘。可惜这惜缘二字挂在墙上,并没有引起多少人对它的注意,也没有多少人去想它的深意,几乎只成了一种装饰,甚是可惜。他问兰湘婷,你说是吗?兰湘婷嗑着瓜子,看着他,没有答话。

南柯深深地感到他和兰湘婷之间的那种冷漠。他也就不想多说什么了。

秦钟看场面有些尴尬,就讲了几个笑话,想缓和一下气氛,但也收效甚微。

齐文晋给南柯打来电话,说他还有些事没有办完,不要等了。南柯说,齐老师不来了,咱们散吧?几个人就散了。

南柯与秦钟漫步回到长安师院宾馆。他们二人住一屋。洗漱完毕,两人靠在床上一边看电视,一边闲聊。

南柯问秦钟与长白山师院的吴颖还有没有联系?秦钟说,偶尔也通信,更多的时候还是打个电话。

南柯说:"能这样保持联系,在当今这个社会已经是很不容易了,看来你们还是有爱情的。"

秦钟:"爱情?我其实也理不清这里的头绪。不过细究起来,我想我对她,其实只是有一些感觉罢了,可能还说不上是什么爱情,至少不是那种传统意义上的爱情。"他又严肃地补充了一句,"我觉得,爱情在我们这个时代已经消亡了。"

南柯注意地看着他,听他讲。

"正像一个时代有一个时代的文学一样,一个时代也有一个时代的爱情。我们这个时代的男女之间，与其说是有爱情，不如说是有性更合乎实际。性其实也没有什么不好，性实际上是男女之间最根本的东西。"

他接着说了一句警言式的话："爱情不过是性的前奏。"

南柯回头一想，秦钟说的也不无道理。他说："柳梦梅与杜丽娘式的爱情是没有了，梁山伯与祝英台式的爱情也没有了，甚至侯方域和李香君那样的爱情、冒辟疆和董小宛那样的爱情也没有了。总之，那种古典的爱情确实是没有了。至少，我们是看不见了。"

"这反映了人的思想的变化，人的心理的变化。这种心理的变化与时代的文化氛围大有关系。现在人们讲爱情，说我爱你，就像吐痰一样随意和随便。"秦钟接着说。

"当今时代人的爱情观掺杂了太多的非爱情因素。爱情变得复杂了。汉乐府诗里那种'上邪！我欲与君相知，长命无绝衰。山无陵，江水为竭，冬雷震震，夏雨雪，天地合，乃敢与君绝'式的爱情，宋词里那种'两情若是久长时，又岂在朝朝暮暮'式的爱情，是一种纯粹的爱情，彻底的爱情，美丽无瑕的爱情，这是古典的爱情观。"南柯说。

秦钟说："古典的爱情观需要古典文化来培养，现代文化只能培育出现代的爱情观。"

"古典爱情可能更多的是农业文明产物,人们偏居一隅,交通不便,人与人的交往也不方便,所以容易产生地老天荒的爱情。现代人,特别是生活在大城市里的人,简直是生活在人的海洋里,每天遇见的有吸引力的异性,可能比古代人一生遇见的还要多。通讯又如此发达,多么远的距离,一分钟就联系上了。现代人的异性选择几率显然要比古代人强上百倍。苦苦的相思没有了,人对人的那份珍惜也就少了。"南柯回应。

秦钟又说:"爱情观由灵到肉的转变,是社会发展使然。我看,也是一种进化。我们不能回避性,不能脱离肉身来谈论爱情。"

"换一个角度看,我们所说的也可能只是中年人的感受,中年人看问题往往比较实际,实用主义、适用主义占上风。年轻人中持理想的倾向和古典爱情观的人可能还不少。想想我们年轻时的向往,就能感受到这一点。其实即使如今,在我的心里,还是向往古典的爱情。"南柯目光中带着神往。

秦钟说:"其实你南柯也随着时代变了,你已经是这个时代的人了。尽管你有浓厚的古典情结,你那么向往古典爱情,但是你回不去了。你的那些情结、向往只是一场白日梦罢了。"

# 第二十一章

这天下午,齐文晋打电话邀南柯晚上到竹里馆喝茶。南柯问都有谁?齐文晋说就咱哥俩。

南柯去的时候,已是古城华灯初上之时。

两人都吃过晚饭,就要了一壶铁观音,边喝边聊。

齐文晋说:"今天我上网,看了好多美女图片,非常有感慨,也想了很多。我打印了几张,你看看,真漂亮。你看这张,这是一个冷美人,我最喜欢了。你看那皮肤,多么有质感!"

南柯看了看这个冷美人,并不是他喜欢的,但他没有表示异议。他说:"我喜欢热烈一点的,喜欢热美人。我觉得,冷美人只能欣赏,而热美人可能更贴近生活。"

齐文晋一边翻着手上的美女图让南柯看,一边接着说:"我觉得,古人也有欲望,但他的欲望与今人比起来，真是不可同日而语。古人的欲望是有限的。比如同样是对女人，古人所见，一定是非常有限的。古人所见的美女，只能是其足迹所至、目力所及的有限的一些人，加上古代妇女又被限制出门，所以他们能见上的女性特别是美女，确实是屈指可数的，一个人一生能见到上百个都是少有的，能见到三五百个更是罕见的。皇帝后宫说是有三千佳丽，但皇帝未必都能一一见到。王昭君这个中国古代四大美女之一，不就是一直身居后宫而没有被汉元帝发现吗？汉代没有照相术，汉元帝只能以毛延寿的美女图为引导，按图索美，因而一个绝代美女也就被生生遮蔽掉了。现在不同，交通发达，人一生要走多少地方？活活的大美女要能见上多少？而且，关键是，媒体这么发达，网络这么发达，还有电影和电视，你一天见到的美女可能比古人一生所见的还要多！而且，你的所见，是全世界范围内的，过去的，现在的，各个种族的，都能见上！想一想，这多么可怕！这是一个多么广阔的世界！在过去，见一个美女，可能会是你几年甚至是几十年的奇遇，记得有一位作家曾这样形容他见过的一个女孩，这样的姑娘，五十年才能遇上一个。因此，你要为之几天几夜睡不着觉，为她辗转反侧、夜不成眠，因为你的所见有限，你才会这样。可是如今，你一天要见多少？每一位美女可能都要勾起你的欲望。你想，你将会有多少欲望被勾起？"

南柯听齐文晋滔滔不绝地发表感慨，觉得齐文晋的发现对自己很有启发。他想了想，接着说："你说的有道理。这就像古今的兵器变化一样，古代社会，只是刀呀剑呀这一类的冷兵器，现在呢，不仅有了枪和炮，有了坦克和轰炸机，还有了原子弹。现在什么东西给你的冲击，就像原子弹一样，是一种铺天盖地的席卷而来和摧毁式的打击。可是，这像原子弹爆炸一样展现在你眼前的美女，每一个都能引发你的震惊和震撼吗，我是说，像古人那样的震惊和震撼吗？举个例子，就像普救寺里张君瑞见了崔莺莺那样惊艳的感觉吗？我想，可能不会有。即使有，其强度、烈度，也比不上古人。这就是见得多的缘故。司空见惯，可能就是熟视无睹。"

齐文晋说："你说的也有些道理。但不管怎么说，只有展示的东西愈丰富，我指的是好东西、人人喜爱的东西，才愈能更大地刺激人的欲望，更大可能地发掘潜藏在人内心深处和身体深层的各种欲望。"

南柯说："无边的欲望。可是这个欲望，所有的欲望，都被开发出来、激发出来，对人类社会到底是好还是不好呢？对个人，也有这个问题，是好还是不好呢？我想，可能两方面的问题都有，有好也有不好。好呢，是这个时代解放了人的想象，对，不仅仅是解放了思想,我说的是解放了想象,想象很重要。没有想象,人就没有对世界的好奇心,没有对巨大无比的宇宙的探索,也就没有发现。但是,对人来说,无边的欲望导致的最终结果,可能就是虚无。如果人只承认欲望,只顾满足欲望,人会觉得这个世界是虚无的,人生也是虚无的,价值和意义更是虚无的。更何况,欲壑难填,人的欲望永难餍足。"

齐文晋说:"过去时代,我们闭关锁国,只有空洞的教条,只讲存天理、灭人欲,社会退步,人被禁锢,思想禁锢,身体也禁锢。我还是肯定现在这个时代。这个时代好啊!"

南柯说:"我部分地肯定你的看法。但是,我一直认为,在现实之上,也包括在欲望之上,一定还有一个更高的存在。芸芸众生,可能只知道现实,只知道满足欲望,但是我们,我们还自认为是知识分子吧,我们应该清醒,现实和欲望之上还有一个更高的存在。可能我们也不能免俗,我们也随波逐流,也堕落,但是我们的理性告诉我们、提醒我们,我们的欲望之上永远有一个更高的存在。正是那个更高的存在,在照耀我们前行的路。否则,我们将不知道要走向哪里。"

齐文晋哈哈一笑,说:"不争论了。不争论,喝茶。过一段时间,我们哥们交流一下思想,争论一下,也好。"

两人正聊着闲话,齐文晋接了一个电话,他应了两声,悄声对南柯说:"柴一才和老潘在尚朴路上,让去洗脚,去不去?"

南柯笑笑说:"去啊,嘴上清谈完了,下边再洗个脚,满足。"

两个人打车进城,到了尚朴路下车。齐文晋一边打电话问询,一边寻找。南柯跟着齐文晋,走到靠近城墙边的一条小街,深一脚浅一脚地走。来到街边上,看见昏暗的路灯照着一个若有若无的红字招牌:波蛮洗脚屋。齐文晋说,就是这里了。南柯看着招牌笑了,说,这个店名起得蛮有意思。齐文晋看了看,也笑了。

进了屋,就被服务小姐引领,进到里边一个包间。柴一才和老潘半躺在洗脚榻上,有两个姑娘在给他们搓脚。老潘热情地向他俩打招呼,柴一才说,我俩刚来,就想着叫你们二位来。

南柯说,有福同享,是哥们。老潘说,很久没见了,想你们啊。

南柯挨着老潘躺下,齐文晋靠墙躺下。

老潘说:"这个地方看着不显眼,其实非常不错。"

柴一才接着说:"姑娘好,姑娘的手好,技术好。"

老潘喊着就让给挑姑娘。

南柯说:"咱们就聊聊天,泡个脚就行。"

来了两个姑娘,说是秦巴山中的,端盆,拿水,倒药。

南柯问老潘近况,老潘说一天无非是醉生梦死,活一天是一天。

柴一才问南柯和齐文晋喝什么?南柯说喝白开水,齐文晋也说喝白开水。几个人一边洗脚一边闲聊。从国际聊到国内,从天边聊到身边。

柴一才喝着啤酒,他说到长安城里的几个文化名人,说:"那个写小说的吴有多,现在名气越来越大了,一幅字现在要卖八万元了。蒙养正是真正的学者、书法家,一幅字才三千元。"

老潘喝的是白酒,他一边有滋有味地喝着,一边说:"现在这个社会,要学会炒作,吴有多会炒作啊,他的字啊、书啊,不断找新闻、寻卖点,联合一帮子媒体记者跟着炒作,不火不行啊。"

齐文晋说:"老百姓其实是群氓,还有一些官员、商人,其实都不懂艺术,只是听社会上吵吵,谁的名气大就认谁的。现在的字画市场,是懂的不买,不懂的才去买。"

老潘说:"我还是佩服吴有多,聪明,能跟上时代,更能利用时代。不管怎么说，人家成功了，很成功！名有了，钱也有了。还要啥？人活世上，对普通人来说，就是钱，对文化人来说，一是名，二还是钱，名就是钱，钱则是根本。名是虚的，钱和物质，是实的。"

南柯一直注意看洗脚姑娘的手，看那手灵活而有力，他插话说："虚名与物质，无非是名与利，这些东西生不带来、死不带去，原本都是身外之物，没有什么意思，不要看得太重。"

老潘重重地说道："吾兄此言差矣！你这个想法得之古人，可这个想法实在是害人害己不浅。你想想，其实，人一生追求的，可不都是些身外之物，有哪一样东西是身内之物呢？身内之物，不就是五脏六腑么？这些五脏六腑，生能带来，死也带不走哇。人啊，生是什么，死又是什么？细细想了，人来时原是一股灵气，而后化作了肉身凡胎，死时不过是一股青烟，最终将化为尘土。生时什么也没有带来，死时什么也带不走，人活的，可不就是活了个肉身凡胎？人活的那点意思、那点滋味，可不就是这个肉身凡胎的种种享受？可不就是这个那个种种身外之物？就拿你们蒙养正来说吧，你说他如果没有那些身外之物，著作啦，书法啦，院长啦，这个主席那个会长啦等等，如果没有这些身外之物撑着，他还不就是个与芸芸众生一个鸟样的糟老头子？衣服一脱,与那乡间拾粪的老汉有什么区别?可他不同于众人的,不就是有那许多身外之物吗?他一生追求的,可不就是那些身外之物吗?"

老潘顿了顿,喝了口酒,瞪大眼睛又说:"你想想,你如果没有身外之物,你还是你吗?你是什么,你其实就是各种身外之物的综合体。除了身外之物,你不过是一个肉身。蒙养正凭什么一幅字就值三千元钱,他的字就一定比别人写得好吗?不见得。还有那个吴有多,人聪明,我服,但他写的那个狗屁字,我看着实在是恶心,可是人家一幅字卖八万,你不服是吧?不服不行,有那么多人买,买来送给当官的,当官的也高兴收。他的字凭什么卖八万?难道不是因为吴有多的身外之物厉害?是他的肉身之外的附着物值钱?"

南柯沉默半晌。他尽管不同意老潘这种"人生就是追求身外之物"的人生观,但他心底却不能不佩服这个家伙对人生的某个方面看得相当透彻。

老潘把脚从水盆里提起,说,再添点热水。给他搓脚的女孩赶紧起身,从外面舀了一瓢热水加入脚盆。老潘把两只脚搁到盆沿,侧身又喝了一口酒。

柴一才也让给她搓脚的女孩加了热水,问女孩到长安城来多长时间了?女孩说刚来两个月。老潘说,你要问女孩进城的时间,她们都会说两个月,三个月都不说。南柯问为什么？老潘说，表示清纯呗。那个女孩插话，人家就是来了两个月嘛。南柯听姑娘说话还是一口的秦巴山地口音，就说，也不能一概而论，这位姑娘的口音还是秦巴山里人的口音，一点儿没有变过来，她说的应该没错。老潘摇摇头，说，你这个南柯啊，亏你也算老长安城的人了，怎么那么好哄呢？口音能说明什么问题，我现在给你说秦巴山人的话，你听听！他立刻叽里咕噜学了几句，口音还是那个口音，可是他根本就不是秦巴山的人。那位姑娘还想分辩，柴一才示意她不要再说，姑娘就不说了。

柴一才说："我想起个笑话。我跟老潘第一次来这里洗脚，进了门，我开玩笑说，这位先生是日本人。你们看，老潘有点像日本人吧？"给老潘洗脚的女孩抬头看，笑了，没有说话。柴一才继续说，"听说老潘是日本人，有个姑娘小跑着过来，见了他，不知怎么服务，就打着手势，问：太君，你的服务的，要哪一种？老潘一听，板着脸说：花姑娘的，统统都要，大大的要！吓得那个姑娘直往后退。"柴一才学着电视里日本人讲的那种中式日语，把大家都逗笑了。

齐文晋笑着扭头，无意间往墙上望了望，忽然看见一个花花绿绿的壮阳药广告，上面写着：好男好女，不服不行。就笑着说，这个广告语拟得好，不服不行。几个人看了,也都笑,搓脚的姑娘也笑。

　　脚搓完了,洗脚姑娘问还要什么服务?南柯急忙说不要了,你们退下吧。我们休息休息,聊聊天。四位姑娘退出,随手带上了门。

　　柴一才起来,在屋子里晃悠着,说:"我有一个女朋友,广商银行工作,她跟我聊天,说,这么多年来,她们广商银行一半以上的女性,都跟有钱人跑了,有的被包养,有的当了小三,还有当小四小五的,还有个别的上位成功。我听了,觉得这个比例太惊人了。这是一个什么样的时代啊?!"

　　南柯说:"这是因为她们接触的有钱人多,没有抵挡住金钱的诱惑。"

　　齐文晋说:"这就是狄更斯在《双城记》中说的:这是一个最好的时代,也是一个最坏的时代。"

　　老潘听了,微微一笑,看了齐文晋一眼,低声讲:"我不知道你们北方大学怎么样,你带课的那个艺术学院怎么样,但是我了解的一些大学,特别是现在大学里艺术学院的女生跟有钱人跑的比例,会惊掉你的下巴。为什么?现在这些女娃都想得很明白,你要靠个人奋斗、辛苦勤奋一辈子,能不能出头绝对是个未知数,但她们现在都有一个资本,这就是年轻的身体,二十几岁,这是一个人的黄金年龄段,现在她们就要把这个黄金年龄段变现,变现才是最现实最聪明的。她们跟一个大款,好上几年,有房有车有钱了,一辈子生活不用愁了。玩够了,找一个穷小子结婚,穷小子很乐意,为什么?他们穷,娶不起媳妇,现在忽然有一个有钱的女人跟他,他何乐而不为呢?而且,女人有钱了还可以再找她想要的男人。现在就有许多阔太太,养小男孩。他叹了口气,当年,我们年轻的时候,男女交往,目标基本上是婚姻。现在呢,许多年轻的女孩与男人交往、跟有妇之夫交往,根本不考虑婚姻。"

齐文晋说:"我在艺术院校带课,对艺术院校女生还是有些了解的。有你说的这种情况,但也不能一概而论。艺术院校的男生和女生,思想观念是比一般院校的学生自由一些、开放一些,这是实情,这也跟艺术的特性不无关系。据我的观察和了解,艺术院校的女生,对生活,绝大多数都是严肃的,甚至是非常严肃的,并不像一般人传言和想象的那样轻浮浅薄。跟男生或跟外面的人来往,也有是真正恋爱的,也有是一般的正常来往,只是我们想得太多了。艺术院校的女生,已经是成人了,她们对生活、对是非,都有了她们的认识和见解。当然,艺术院校的女生,有的很会生活、很讲究生活的质量和情调,这也无可非议,极为正常。"

老潘说:"你这是老师为学生辩解。"

南柯笑着说:"必要的辩护。"他又说,"大学生的生活,并不是也不应该是与社会隔绝的生活。社会科学被称为'治世之学',人文学科被称为'处世之学',这些学科的学生,除了知识的学习、理论的学习,艺术学科还有技法的学习和实践,另外还有很重要的一个方面,就是对现实社会的了解、对生活和人情的体验,因为他们毕业后,将要面对的就是现实的社会,是真实的生活,他们要'治世',也要'处世'。艺术学科,比如音乐,是与感情表现密切相关的艺术,无论是作曲还是唱歌、演奏,传达和表现的是人类的各种感情,因此,学音乐的学生,他们对情感的体验,欢乐、喜悦、失败、悲伤、甚至挫折感的体验,各种体验,对音乐艺术的理解和领悟都是非常有益的。以瞎子阿炳为例,他创作和演奏的二胡独奏曲《二泉映月》,你们都听过,它为什么感人呢?曲子一起,就撞击人心,那种饱尝人间辛酸和痛苦的思绪和情感,多么感人!这是艺术的力量,本质上是情感的力量。阿炳如果没有自己独特的生活经历和情感体验,他不可能创作出《二泉映月》。其他演奏这首曲子的艺术家,他的情感体验如果丰富性不够、深度不够,也不可能把这首曲子的情感准确地传达出来。这种悲苦的音乐是这样,那种宁静平和或欢乐高昂的音乐也是这样,你没有那种心境和情感体验,你就不知道要表现什么、传达什么。"

柴一才点点头,说:"南柯讲得有道理。"他晃悠着走到门前,点了一支烟,靠在门上,"在这个时代,我们对男人了解了,对女人也应该有所了解。不要以为干坏事的只是男人。有一个女朋友告诉我,她的一个女同事,三十出头,已经成家了,在外面还有两个男人,一个是四十多岁的男人,图什么呢?图的是年龄大的男人能哄她、养她;她还跟了一个小鲜肉,这个男生还很迷恋她,跟这个小男生呢,图的就是身体的快乐。"

齐文晋猛击了一下大腿,说:"啊呀,这女人坏起来,也真是很可怕的啊!"

几个人沉默了,都不说话。老潘有滋有味地继续品他的酒。

南柯说:"现在中国处在一个千古未有的大变局之中。从分封制变为帝制,从春秋到战国,这是一个大变革的时代。现在,从两千多年的帝制变为民主现代国家,更是一个大变革的时代。政治制度、生产方式、经济生活在巨变,人们的思想、观念,特别是价值观、道德观,也都处在剧烈的震荡和调适中。我认为,我们每一个人,要有历史感,也要有未来感,在历史和未来之间选择现在应该持守什么。"

齐文晋讲:"我们这一代,就经历了农耕文明,我们小时候在农村所见的农业文明生产方式和生活方式，在春秋战国时代就是那样的，后来我们又经历了工业文明，现在是信息时代。我们经历了几个时代，我们经见的要比前人多，也复杂。"

南柯说："从中国人与世界的关系来说，几千年来，我们处在一个封闭的环境里，后来则是闭关锁国的时代，那时我们认识的世界，就是这个中国，我们就是世界，世界就是我们。近现代以来，我们发现，中国之外，这个世界上还有一个很大的我们过去不知道的世界，其中包括西方世界，然后就有了所谓的东西方文化以及东西方文明的碰撞。到了现在，信息时代、全球化时代，我们发现，无论东方也好，西方也好，北半球也好，南半球也好，其实都处在一个世界，我们都住在一个地球村里。过去那种空间概念改变了。特别是，过去那种鸡犬之声相闻、老死不相往来的小国寡民观念，完全被打破了、被粉碎了。现在的世界是，我们与世界、世界与我们是一体化的，所谓人类命运共同体，人类彼此是依存关系，国家彼此也互相影响。"

齐文晋喝了一口水，说："是的，是这样的。"

南柯说："在古代，一个人周游世界，充其量也就是几个省，比如孔子，他所谓的周游列国，实际就是现在几个相邻的省。李白游历天下，也就是现在的几个省。

现在，乡下的人也出国了，亚洲就不说了，有的还去欧洲、美洲，甚至非洲，开始了真正的周游世界。我们发现，我和世界，原来是一个整体。人的空间感觉、世界概念，发生了根本的改变。"

"所以说，人的世界观变了，人的人生观和价值观也随之而变，怎么能不变呢？天不变道亦不变，天变了道也要随之而变。"齐文晋说。

一直聊到后半夜，几个人散了，各归各路。

# 第 二 十 二 章

早春，星期六的一个下午，南柯受邀去长安图书馆作一个学术讲座。他提前半个小时到了位于二楼的学术报告厅，工作人员于瑞在报告厅入口外迎接他。南柯早前在这里作过两次学术讲座，对环境和工作人员都比较熟悉。于瑞请南柯在门厅沙发上坐下，端上热茶，说先坐一会儿，到点了再进去，说着把讲课费给了南柯。南柯笑着收讲课费时，眼睛向旁边一瞥，忽然看见一个熟悉的背影进了报告厅。

两点半正式开讲。南柯登上讲台，向下一望，底下坐满了听众，还有站着的听众。长安图书馆的学术讲座一直很受欢迎，听众很多。主持人介绍他时，他在听众中寻找那个熟悉的身影，目光来回扫了两圈，没有发现那人。接下来该他讲了，他站起来向鼓掌的听众鞠了一躬,集中精神,开始讲他的题目《唐传奇与唐代的城市生活》。

南柯讲座,习惯只拿一个提纲,所讲内容都装在脑子里,不念稿子,讲台背后的大屏幕上也不显示所讲内容。大屏幕只有一个背景图,显示讲座的题目和主讲人姓名。

唐传奇是南柯用心研究过的,唐代的长安城和城市生活他也是了然于胸的,所以,他坐在那里,眼睛盯着听众席侃侃而谈,并且根据听众的反应调整着自己的讲说内容,或充分展开,或简略带过,声调抑扬顿挫,倒也蛮吸引听众的。他由唐传奇的人物和故事、环境和场景,讲到唐代长安城的生活,元宵观灯、拔河、绳技、花舞与字舞,东市西市买东西,讲到长安酒肆胡姬当垆,引用李白的诗"落花踏尽游何处,笑入胡姬酒肆中"来说明。讲到这里的时候,他的目光忽然看见了一双幽幽的眼睛,就是刚才他寻找的"伊人"。"伊人"就坐在第三排右首靠边处,正凝神听他讲"胡姬貌如花,当垆笑春风"。"伊人"是兰湘婷。她的旁边,是一个穿得花枝招展的胖大女人。南柯一边讲胡姬,一边想笑,心想,怪不得兰湘婷半天看不见,原来她被这个胖大女人遮住了。

找见了"伊人",南柯讲的时候似乎更来劲了。虽然他不能一直看着兰湘婷,更不能对视,只能装作若无其事的样子偶然一瞥,但他还是能看到兰湘婷听得聚精会神。

南柯又讲了唐长安的歌伎,由歌伎讲到唐长安的音乐。一口气讲了两个小时,结束时,底下听众的掌声很热烈。

走下讲台,他注意看兰湘婷,兰湘婷与他目光相遇,走了过来。南柯问:"你怎么也来了?"兰湘婷笑笑说:"昨天路过这里,看见海报,今天就来了。"南柯这才意识到,长安图书馆与河西艺术学院隔南二环相望,很近的。兰湘婷又说:"听了很有收获的。"南柯正想问柳晴怎么没有一起来,有一个听众拿了一本他的《唐传奇研究》请他签名,他就到旁边的桌子上签名。签完名又有不少人围着他提问,等他简单答完,转身找兰湘婷的时候,兰湘婷已经不见了。他想兰湘婷也许在图书馆外面等他,就告别送他的于瑞,匆匆走出图书馆。

南柯站在图书馆门外高高的平台上向周围一望,果然,下方不远处,一棵刚发芽的柳树旁,站着向这里不断张望的兰湘婷。他刚想招手,肩膀被人拍了一下,回头一看,是汪文海。南柯问:"你怎么在这儿?"汪文海说:"也来听你讲唐长安城啊。我坐在后边。"不等南柯再说什么,汪文海拉着他说:"走,跟我走一趟。我有点事想请你帮忙。"

南柯就向兰湘婷那里轻轻地招了招手，随汪文海走了。

汪文海开了一辆凌志，载着南柯去往曲江，说去看看他的一个项目工地。

路上，汪文海说："听了你的讲座，很受启发。我正好有一个项目，快完工了，需要宣传。这次我不想像以前那样，只印一些单页宣传品，我想出一本书，图文并茂，里边主要是高手写的美文。这样的书，客户看了还想再看，就会保留，也许还会推荐给他的朋友看，不像宣传页看了就扔掉了。我想请你帮我请几位作家，三四位吧，人不要多，一人写上三五篇短文，一篇几百字就行，咱给人家付稿费，每人一万。"又笑着加了一句，"你是必须要写的。我喜欢你的文章。还有，这个书最后要由你来编定，你不还是编辑吗？你的酬谢，稿费另加编辑费。"

南柯笑笑说："稿费不算少了。关键是请的高手，人家得对你的项目有了解，不懂你的项目可不好写啊。"

说话间，已经到了汪文海的项目地。南柯与汪文海下了车，汪文海说："今天我先带你看看项目。回头我跟你请的作家见个面，介绍一下项目情况。再让工作人员陪他们来看一看，找点灵感。其实，我要的美文，只要与我的项目在理念上沾点边就行,不必直接写项目本身。"

南柯看这个项目的所在地,正处于唐城墙遗址的南边,在唐代,这里就算城外了。此地北边是长安城,南边是一望无际的原野,东边是曲江池,远远地还可以望见南山。南柯问这个项目叫什么名字?汪文海说叫湖畔看山。南柯说,这名字起得好,名副其实,也有意境。再看湖畔看山里边的房子,有独栋,也有联排,房型精美,房楼错落有致,花树环绕,倒是一个宜居之地。汪文海介绍说,这个湖畔看山,房子形式叫唐豪斯,英文名townhouse,这是一种三层上下、独门独户、前后有私家花园及车库(车位)的独栋或联排式住宅。你看,它们在形式上接近联排别墅。相对于乡村广袤的土地,城市土地资源总是处于匮乏状态,所以这种唐豪斯,最早就成为欧美国家城市主要的一种住宅形式。唐豪斯历史上最早出现于古罗马,曾经在十七世纪伦敦大火之后担负起伦敦重建的重任。随着殖民地的城市化过程,欧洲大陆的唐豪斯风靡了十八世纪的美洲。在十九世纪,随着欧美经济的高速成长,唐豪斯逐渐成为中产阶级的主流居住形式。它也与城市中产阶级的生活理念和生活方式有关。

南柯说:"这样看来,你要求的所谓美文,可以紧扣城市中产阶级的生活理念来写了。"汪文海点头称是。

南柯又说："城市中产阶级，应该都是中年或中年以上的人了。当然，我这样的人，论经济收入也进入不了中产阶级。年轻人更是进不了中产阶级的，除了富二代。"

一边看着唐豪斯，南柯一边考虑掂量，他已经想好了请哪些人来写这样的文章。齐文晋就是一个合适人选。

看完项目，汪文海要请南柯去吃饭，说吃饭过程中再聊聊。汪文海问南柯想去哪里？南柯说你去的地方多，你定。汪文海就说，去唐苑吧，那里近，环境也好。南柯说行，两个人就上车走了。

唐苑是长安城外东南部一个唐风园林。车子进入园林深处，到了浐河岸边，可以望见几座精致的小屋半隐半现，散落在林荫之下。汪文海熟门熟路地进了一家，早有服务员迎接，进了一个包间。南柯坐下，凭窗一望，浐河从脚下流过，越河而望，远处则是淡淡夜色中的白鹿原。

汪文海要了红酒，南柯喝着白水，两人边吃边聊。

南柯问："唐豪斯一套住宅要多少钱？"

汪文海说："这要看房间大小。一般来说，联排房一套一百多万，独栋三百万以上。"

南柯喝了一口水，说："路上我在想，能住唐豪斯的这一批人都有什么生活特征。我觉得，唐豪斯——姑且以这个概念作为能住或想住唐豪斯的人的代名词吧，唐豪斯不可能是一代人，只能是一批人。这一批人大约是当今三十五岁至五十岁之间的成功人士。他们虽然处于社会的不同领域，但在自己的领域都应该是相当有地位的人士，有较丰厚的经济收入，很讲究生活的品位和格调，他们有他们这一批人特有的生活方式和生活格调，因而也形成了特有的一些生活特征。"

汪文海静静地看着南柯，等他往下说。

南柯说：我肯定买不起这个唐豪斯，但我也想住，所以，我从我的人生体验和心态来谈一谈唐豪斯一批人的生活特征——

居住环境讲求幽雅。理想环境是：居于半村半郭之间。既得乡村的僻静，又有城市的方便。

做人的理想境界是半僧半俗，清静闲适而又不脱红尘。

这个意思，明代文人屠隆早说讲过，他有一段话说得特别精彩："楼窥睥睨，窗中隐隐江帆，家在半村半郭；山依精庐，松下时时清梵，人称非僧非俗。"

汪文海不语,听南柯说。

南柯继续讲:

> 宁可食无肉,不可居无竹。古今皆然。
> 
> 讲信义,重然诺。言必信,行必果。
> 
> 答应人的事吃亏也不反悔。
> 
> 爱吃家常饭,厌烦吃大餐。
> 
> 有收藏癖。
> 
> 好读书胜于看电视。家中书架一定比电视墙长。
> 
> 浪漫情淡出,现实心增强。
> 
> 已经拒绝的东西很难再接纳。
> 
> 不轻信,不盲从,不怕邪。
> 
> 钱再多绝不乱花。
> 
> 好清静胜过爱热闹。
> 
> 交人有选择,做事有目标。
> 
> 喜欢买房而不喜欢租房。租的房是暂时的,买的房是永远的。
> 
> 家庭观念强。喜欢阖家团聚。
> 
> 家族观念强。期望五世同堂。
> 
> 喜欢养鱼养花,不喜欢养猫养狗。
> 
> 喜欢在阳台上看山,喜欢在庭院里种树。因之,喜欢阳台胜过客厅,喜欢庭院胜过房子。

起居有时间,生活重规律。

喜欢旅游。

观赏古迹的兴趣胜过看现代建筑。

喜欢一个人静静地坐在自家的庭院里,看云起云飞,看花开花落。

有时骂人。

喝茶多于喝咖啡。

喜欢自己驾车。

讨厌的人就讨厌,不大掩饰。

总是很忙。总是念叨要做陶渊明。

汪文海听了,哈哈大笑,然后喝了一口红酒,说:好,这个概括好。我要的美文像有这样味道的就好。

# 第二十三章

春天的一个晚上,南柯正在电脑上写东西,手机忽然响了。接起来一看,是兰湘婷打来的。

"休息了吗?"兰湘婷一边问,一边嘻嘻笑着。

南柯说:"还没有。"他看了看表,已经是凌晨一点了。

"我和柳晴在外边转,晚了,宿舍回不去了。"

南柯心想,怎么会转这么晚呢?但他没有问。他沉吟了一下,说:"需要我做什么?"

兰湘婷在手机里笑着,不说话。这时可以听到柳晴在一旁对兰湘婷说:"你说嘛说嘛!问南老师可不可以出来。"兰湘婷似乎犹豫一会儿,说:"我们在街上转,你能不能出来一起转?"

南柯问:"你们在哪里?"

兰湘婷说:"就在你们楼下的街上。"

南柯愣了一下,心里有些明白了:是来找他的,但她们犹豫着,也许已经犹豫了很长时间。

他在电话里说:"这么晚了,外面转也不合适。这样,如果不介意,你们到我家来怎么样?"

兰湘婷犹豫着问:"方便吗?不打扰你吧?"

南柯大声地说:"有什么不方便的?我一个人。"说着他又开了一句玩笑,"只要你们敢深入虎穴。"

他听到电话里兰湘婷和柳晴都笑。他想,这两个人一定是凑在一起听。

南柯又说:"那这样,你们从大门进来,我这个是六号楼,我下楼去接你们。"他想,兰湘婷来过,她认识路。

不一会儿,南柯就把两位接到了楼上。

进了客厅,兰湘婷和柳晴挨着坐在了长沙发上。南柯坐在旁边的沙发上,问她们:"喝茶还是喝咖啡?"兰湘婷却把手里提的一个纸袋子放在茶几上,对南柯说:"这个给你,趁热吃吧。"南柯一愣,旁边的柳晴笑着说:"南老师,湘婷专门给你买的,说你喜欢吃这个,拉着我到麻家十字买的呢。"兰湘婷从纸袋子里取出一个饭盒和一双卫生筷子,南柯已经闻到是甑糕的味道,他说:"东南亚的?"兰湘婷嘻嘻一笑,点点头,柳晴却有些发愣。南柯知道柳晴不知道"东南亚"甑糕的典故,就笑着解释了一下。

柳晴说:"怪不得湘婷非要拉着我到麻家十字转,原来是藏着这个心思呀!"

兰湘婷轻轻地打了柳婷一下,说:"你说,喝什么?"

柳晴说:"喝开水吧,茶和咖啡喝了影响休息。"

南柯说:"每人一杯咖啡吧。明天是星期天,也不上课。多聊会儿。"

冲咖啡的时候,南柯问:"齐老师你们没有联系?"两个姑娘互相看了看,兰湘婷说:"听说齐老师去上海参加一个学术会议,好几天了。"南柯冲好三杯咖啡,又端上来一些点心和水果,说:"去上海了?我也一段时间没有联系齐老师了。"

兰湘婷又催南柯快吃甑糕,南柯说人人有份,就分成三份。兰湘婷说她不吃,吃甜食怕胖。南柯说:"哪有那么严重?你胖一点倒好了,就从汉代到了唐代。"大家都笑。柳晴吃了一点,说:"是好吃。但也是甜了点。"南柯说:"依我之见,甜可能是最好的味道,所以世上许多美好的、讨人喜欢的东西,我们都用'甜'字来形容,比如'生活多么甜美''这个小姑娘长得很甜。'"兰湘婷坚持着把她那一份给了南柯,说:"那我把我的'甜'都给你。"南柯笑着说:"你这句话说得好。"接过来也就吃了。

说了一会儿闲话,柳晴站起来说:"南老师,听说你的书很多,可以看看吗?"

南柯就领着她们看:"我这个房子是三室两厅。这个是卧室,一会儿你们不走了就在这里休息。"

柳晴一看,卧室是一张大床,但只有一床被子、一个枕头,显然是一个人过活。兰湘婷也探着头看。她来过一次,但那次是匆匆忙忙的,而且一直待在客厅,其他地方没有太注意。柳晴说:"我一会儿睡沙发。"

听了这话,南柯一愣,停了一下说:"哈,那个于情不合、于理不通吧。"

柳晴回头笑着看看他。南柯感觉她的目光似乎在问他:"什么情?哪个理呀?"南柯心中觉得似乎是有那么一个情、一个理在,但真要说明白,却又说不清楚。

兰湘婷不说话,似乎什么都没有听到。

"这两间都是书房。这一间是书房兼写作间,那一间是书房兼写字间。"南柯带她们进了写作间。柳晴说:"这么多书啊!"她看到,这个房间除了门和窗,其他的墙面全被书架占满了。南柯就指点着说,这是中国思想、哲学一类的书,包括美学方面的书。他打开底下书柜,说:"看,中国现当代美学家的主要著作,我都有。西方的都在那个书房。"他又加了一句,"上大学时,我是我们班美学课的课代表。"柳晴说:"齐老师说他是他们班的美学课代表。"南柯说,二十世纪八十年代前期,有一股美学热。南柯又介绍,这是中国历史,古代、现代、当代;这是中国文学,古代、现代、当代;这是关于书的书。柳晴和兰湘婷凑近去看,原来是版本学、书话、藏书一类的书。南柯介绍,这是文艺理论方面的书。兰湘婷近前一看,说:"还有《中国古代音乐史稿》呢。"南柯站在一旁说:"对,那个是杨荫浏的著作,上下册,精装,人民音乐出版社一九八一年版。"柳晴也过去看,说:"南老师,你这里音乐方面的书还不少呢!这是一本《论音乐的美》,外国人写的,我们都没有听说过。"南柯笑笑说:"那本书是我上大学时买的,奥地利人汉斯立克写的,当时读了很有收获。"然后说,"我喜欢音乐,我有两套音响,客厅一套,这个书房一套,我写东西时喜欢听着音乐写。"

　　柳晴这才注意到,紧挨书桌有一个黑色的金属架子,上边摆了一套看起来很精致的音响。南柯说:"我放点音乐?"说着就打开了音响,古琴的声音轻轻响起。兰湘婷听了,说:"《鸥鹭忘机》?"柳晴说:"筝也有这个曲子,《鸥鹭忘机》。"

　　兰湘婷看到桌上的电脑开着,问:"你在写什么呢?"

　　南柯说:"最近为一位朋友编一本书,书已编成,写结束语。"说着过来调亮电脑。

兰湘婷凑近去看,只见上面写着:"说明:此文为《过程》一书结束语,请排在全书最后。"

## 至境之渡

在这个世界上,总有一些人,他们终其一生,都在追寻理想和完美——至真、至善和至美,追寻一种生命和生活的至境。这些人是完美主义者,是生命和生活的理想主义者。他们厌弃平庸,渴望创新。世界正是因了这些人的不断追求,才一天比一天更美;社会正是因了这些人的不息奋斗,才一天比一天进步。

至境的追寻,是一个艰苦而又充满创造乐趣的过程。

至境也许是一个难以抵达的彼岸。但是,完美主义者总是在寻求抵达彼岸的渡筏。不达彼岸,誓不罢休。

仿佛朝圣一般,他们追寻着至境之渡。

湖畔看山的策划、设计和建造过程,就是一个追寻至境之渡的过程。湖畔看山的策划者、设计者和建造者,是一批对生活持完美主义态度的人。他们殚精竭虑、精益求精，营造最适意也最诗意的人生居处。

至境也许是一个高不可攀的目标。但在通往至境的路上，理想主义者建造了无数的渡筏。湖畔看山，就是这样一个至境之渡的杰作。

见兰湘婷看得入迷，柳晴也凑过来看。看完，两个人都迷惑地看着南柯。

南柯笑笑说："朋友是一个房地产商，他开发了一个项目，叫湖畔看山。要宣传，让我请一些人写点不要太俗的文章，编一本书。对了，齐老师也写了几篇，收在这个书里。这个书起了个名字叫《过程》，我的这个《至境之渡》就是书的后记。"

看两个人还有些迷惑，南柯又说："写这种文章，对我来说，一是给朋友帮忙；二来呢，也是换一点买书的钱。"

柳晴问："写文章换钱？"

"对呀。"南柯说，"自古以来，文人都有卖文章的传统，古人叫'鬻文'，比如给人写墓志铭一类。现在没有人让写墓志铭了，但有让写宣传文章的，也就是含蓄雅致一点的广告吧。"

兰湘婷笑了，说："听起来还蛮有意思的。"

几个人说着又转到另一个书房。南柯说，这个房间的书主要是西方的文史哲，还有中国的美术、书法、建筑一类的书。柳晴看屋子中间有一张大画案，上面笔墨纸砚齐备，就笑着说："南老师，齐老师说你的字写得很好，什么时候也给我写一幅吧？"

南柯说："不要等什么时候了，现在我就选一张已经写好的，送你。"

"好呀好呀！我回头裱好挂起来。"柳晴高兴地说。

南柯说："送你一张斗方吧，太大了不好挂。"说着就从书架里取出一沓纸，打开一张一看，上面写着："月明星稀，乌鹊南飞。绕树三匝，何枝可依。"南柯看了，说不行不行，这个内容不适合你。又打开一幅，上面写着："青青子衿，悠悠我心。但为君故，沉吟至今。"又说不行不行，这个更不合适，容易闹误会。

柳晴看了，也捂嘴笑。兰湘婷显出若有所思的样子，没有笑。

南柯一边折叠那两幅字一边说："过去特别喜欢写陶渊明、王维。最近，曹操《短歌行》中的这两段诗突然蹦了出来，经常在脑子里转，就顺手写了下来。我给你找一幅写王维的，那个合适。"

说着又从一沓纸里找出一张来，上面写着："荆溪白石出，天寒红叶稀。山路元无雨，空翠湿人衣。"南柯说,这是王维的《山中》,意境好,这个合适。说着装在一个大信封里,柳晴接了,连说"谢谢"。

兰湘婷在旁边看着,没有说话。南柯对她说:"要不要也给你找一张?"

兰湘婷说:"以后吧。"

三个人又回到客厅。南柯一看表,说:"三点半了。现在也不好去别的地方。你们就在我这里休息吧。"

兰湘婷和柳晴互相看看,异口同声地说:"好吧。"

南柯说:"你俩睡大床,我睡沙发。我这就给你们再找被子。"

柳晴笑着说:"我睡沙发吧。"

南柯说:"那不合情理。我睡沙发。"

柳晴也就不多说了,与兰湘婷进了卧室。

第二天早上,南柯先起来,在厨房煮了几个鸡蛋,拌了一大盘青菜水果沙拉,烤了一些面包,取出几盒牛奶,放在餐桌上。刚弄好,兰湘婷和柳晴就起来了。

两个姑娘洗漱罢,南柯请她们吃早餐。柳晴连说"不好意思",兰湘婷只是嘻嘻笑着不说话。

吃饭的时候,南柯接到汪文海打来的电话,请他过去商量《过程》一书定稿的事。南柯有些迟疑,汪文海说:"我现在派一辆车去接你。"

汪文海在电话里的声音很大,兰湘婷和柳晴在旁边都能听见。兰湘婷说:"我们一会儿也就走了。你忙你的去吧。"

南柯说:"那真的很抱歉,不能陪你们玩了。"

过了一会儿,车来了。三个人出门,南柯让兰湘婷和柳晴一起上车,把她们送到学校门口,这才去汪文海的公司。

# 第二十四章

这天晚上南柯与几个朋友在竹里馆聚罢,已是次日凌晨。齐文晋曾给南柯推荐过一部名为《周末同床》的电影,说这部电影有可观赏性,也有一定的思想内涵。南柯就想借来一看。与大家分手后,南柯与齐文晋聊着,往北方大学齐文晋家里走。

刚从竹里馆出来,初春的冷风阵阵袭来,两人都感到些微的寒意。街上行人稀少。

两个人继续着刚才在茶馆的话题。在茶馆时,南柯说他最近有一件事决断不下,就是单位有一个跟他关系比较好的领导找他谈话,要他去参加一个学习,学习回来可能会被提拔,他是目前单位唯一被认为有提拔条件的人选。南柯说他真实的想法是不想去,这样最符合自己的思想和性情。他想拒绝,但这事又不好拒绝,其他什么事都好拒绝,唯有这事不好拒绝,因为一拒绝就会成为一件事。领导不提这事没有事,提了这事遭到拒绝会成为一件事,一件对他南柯个人来说的大事。这次拒绝,也许就意味着关闭了一扇通向另一条道路的大门。朋友们听了,说这事他们都能理解,不是问题,如果真能提拔,就去,为什么不去?秦钟还语重心长地说:南柯,我曾和你说过几次,机会不多了;对我们这个年龄的人来说,确实机会不多了。南柯说,我明白你说的意思。但是,去了有违我自己多年的做人原则。

齐文晋顶着寒风大步走着,说:"我很理解你的心情。这确实是一件令人为难的事。这是一个做秀的时代,你却很认真地对待自己的人生选择,我真的理解。"

"你说我应该怎么办?我想听听你的意见。"南柯看着齐文晋,齐文晋望着夜色深沉的远方。

齐文晋说:"你如果拒绝,这件事的意义只能彰显于未来,而不是现在。而且,这个未来的意义也跟你未来个人成就的大小有关。"

南柯说:"我明白你这话的意思。你是说,我只有在未来成为一个大人物,这个选择才能对我的人格形象添一些亮色,如果仍然只是普通人一个,去不去,拒绝不拒绝,都是没有什么意义的。"

齐文晋说:"是的。"

南柯说:"其实我真正在意的,并不是未来如何,我只是在意我现在的感受。陶渊明说,饥冻虽切,违己交病。"

两人说着就到了齐文晋的家里。

屋里暖气很热。南柯脱了外套,坐在沙发上。齐文晋找到《周末同床》的碟片,给了南柯,他还拿来舒淇演的一部电影《夕阳天使》让南柯看,说:"你不是很喜欢舒淇嘛,这张碟也很好看,充分表现了舒淇的魅力。"齐文晋笑了笑,"舒淇确实非常迷人!要不要拿回去看看?"南柯接过来一看,说:"噢,这个我看过。"

"说到舒淇,我们再聊一会儿,怎么样?"南柯提议。齐文晋赞成,说他明天也没有什么事。南柯说:"我前天在网上与一个网友聊天,此人说她长得像舒淇。"

"是吗?"齐文晋笑着说。

"我说,我不是追星族,但要说喜欢哪个电影明星,说心里话,男人里边我最喜欢周润发,女人里边我最喜欢舒淇。网友问我为什么?我说舒淇最有女人味。"南柯说。

齐文晋说:"我最近也遇到一个女人,是一家房地产公司的,好像还很有钱,很缠人,我最近都不敢跟她联系。"

"为什么?"

"我现在看问题不像年轻时,年轻的时候只能看到此时此刻发生的事;现在呢,什么事只要刚一发生、一开始,我就能知道结果是什么。想到结果,就有恐惧感。比如这个女人吧,她已经三十多岁了,个子很大,我喜欢个子大的,她离过婚,跟我的目的,我看,肯定是奔着婚姻去的。"

"你不想跟她结婚?"

"是的。她不是我理想的结婚对象。"

"你理想的结婚对象是什么样的?"

"我梦中的理想对象,我想,总得有点格调吧,总得有点使人向上的人格力量吧?我说的意思,不是说对方一定要跟我们是一样的专业,而是说,她的身上要有某种力量促人奋进,而不是总是让人沉溺于肉体或庸常的生活。"

南柯说:"你还是希望你理想中的女性有点诗意,使你的生活有点诗学的意义?"

齐文晋说:"性在现代社会是很容易的。真的。"他看着南柯,强调说,"我那天坐了一趟公交车,只开了几站路,就遇到一个三十多岁的女性,因为我给她让座位,就与我聊了起来,并互相留了电话。后来她给我打了几次电话,我们见过面,也上过床。你说容易吧?可是,我不希望总是遇到性伴侣,我想找一个能交谈、能交流的人。"

南柯说:"打个比方,一个是梦中情人,一个是垃圾情人。但问题往往是,垃圾情人可能正像垃圾一样,是一堆一堆、随处可见的,可梦中情人呢,只能出现在梦中,而在现实生活中你找不着。"

齐文晋沉默了一会儿,说:"我现在对周围的女朋友,是尽量用减法,减一个再减一个,直到减到最后不可减时,剩下那么一两个,这一两个是作为结婚对象考虑的。可是,减也很难,咱心软,你想减掉别人,别人偏不让你减,特别是与咱上过床的,总觉得欠了人家什么,人家打电话找你,你不理还不行。这还真是剪不断,理还乱……当然了,我肯定也在别人的减法名单里。"

南柯说:"我现在可没有女朋友,更没有性伴侣意义上的女朋友。而且,我发现,跟我分开一段时间的女朋友,后来这个关系怎么也接续不上。可能是我太挑剔。我接触女孩,开始觉得还不错,比如像兰湘婷,我那时是多么迷她啊,可后来呢,发现她有毛病,这个毛病我不能忍受,就分开了。这一分开,就同陌路人一样,再也接不上当时感情的荐口了。"

齐文晋说:"你是个完美主义者。我对女人就很能宽容。比如柳晴,她在我面前和她的男朋友通电话,我心里可能也会有不快,但绝对能理解、能宽容。"

南柯说:"这个我也能宽容。我不能容忍的是,那些女孩只把咱当作一个可以利用的工具,比如是埋单的、拎包的,光当那个冤大头了。"

齐文晋说:"你说的这个我也不能容忍。这样的人就不能交往了。"

南柯说:"我觉得,人跟人交往最起码应该要有一些诚恳。没有诚恳,就没有什么意思了。"

齐文晋说:"是的。"

两人聊了一会儿,就分手了。

第二天下午,齐文晋接到紫薇的电话,紫薇约他晚上一起吃饭。紫薇就是他昨晚给南柯讲的那个房地产公司的女人。

齐文晋本来是不想见这个女人的,但紫薇一约他,他不知道自己嘴里怎么一咕哝,居然答应了。吃过饭,紫薇说晚上唱唱歌吧。齐文晋说行。两人就去了一家歌厅。齐文晋已经预感到今天晚上将要发生什么事,他想极力阻止这件事的进程或改变它的方向。他想给南柯打电话,叫南柯过来,但一想到南柯住得远,叫来不方便,又犹豫着作罢了。唱歌时,紫薇兴致很高,唱了一首接一首,还一个劲地鼓动齐文晋也唱。两人就这么唱到了凌晨。后来,紫薇一看表,说:"糟了,时间过得这么快,已经快凌晨一点了。"齐文晋与紫薇出了歌厅。

齐文晋对紫薇说:"我送你吧。"

紫薇说:"现在有点太晚了。小区大门肯定关了,叫门的话,那个看门老头是个倔老头子,很不好说话。这可怎么是好?"

齐文晋犹豫了一下,说:"不行的话,就去我那里好了。"

"方便吗?"

"有什么不方便的?我一个孤家寡人。"

两人就来到北方大学齐文晋的家。

齐文晋想,反正有两间屋,分开住得了。谁知他话还没有说出口,紫薇已经坐在他的床上,而且让他也坐下来。齐文晋看事已至此,自己再要执意另住,不仅是不近人情,而且是伤人了。他觉得,一个女人主动来到你的房间,如果不跟她睡,那就是对这个女人最大的羞辱。齐文晋只得上了床,与这个叫紫薇的女人共眠。齐文晋感觉,鱼儿是进入了水里,但感觉这水里好像缺氧似的,鱼儿游得并不是那么畅快。

## 第二十五章

周六无事,南柯回到南山居。

很久没有回来了,他打扫卫生就用了半天。

下午,他在村子周围转了转。多年出门在外,村子里很少遇见熟人。又顺着小路上到少陵原,在原畔望了一会儿南山。山原之间,是广阔的川道,从山中蜿蜒流来的两条小河在村子前边交汇。时令已是初春,可以看见大地上到处都萌发着春的气息,河两旁枯索了一冬的树木,开始有了淡淡的绿意;远近的村落里,也有一树几树花开了,淡红深红,显得分外夺目。南柯感叹,久不回乡间,今天看了,风景依旧,还是小时候熟悉的景象,大地田园依然是很美的。

晚上,他在弟弟家吃过饭,回到自己屋子。窗外有小雨,静静地落着。

南柯在等汪文海的电话。傍晚时，汪文海来电话，说他晚上过来和他说个事。

他坐在电脑跟前与电脑下棋。很奇怪，他以前与电脑下过，设置为业余水平他都下不过电脑。可这次，他连下两盘，都下赢了电脑，一看，居然还是专业水平。难道是电脑的专业水平比业余水平差？他又与业余水平的下，结果也下赢了电脑。南柯奇怪，是自己的水平提高了？可这些年来没有下过棋呀。这时手机接到一个信息，一看，是汪文海发来的，说他已在路上，很快到。

南柯在寻思自己为什么会连着下赢电脑。他慢慢体味出来了：主要是心静。开局很注意摆好阵势，进攻时也是稳扎稳打、步步为营，而且瞻前顾后、考虑周详；不像以前，一开始是急于吃人，气势很盛，总想施奇兵，一口气置对方于死地，而且用兵时只用一路军马，杀开一条血路，孤军奋战，不注意整体配合。可是自己并没有看什么棋谱呀，也没有琢磨怎样下棋，棋艺怎么进步得这么快呢？最后得出一个结论：这是因为年龄的缘故，岁数长了，心态也变了，心静了，做什么事自然也就稳了。看来，姜还是老的辣，这话颇有道理。

正想着，汪文海开车到了大门外，然后应声就从外面进来了。

一进房间，尚未坐定，汪文海就大声地说："南柯，你上次说的那个项目基本落实了!"

看他兴奋的样子,南柯有点懵,问:"哪个项目?"

汪文海接过南柯递过来的茶,坐在椅子上,说:"隐士项目啊。"

南柯"哦"了一声,慢悠悠地喝了一口茶,说:"我以为说过就算了。"

汪文海说:"我可一直记着呢。而且,一直在运作。现在,项目基本落实了。我给你详细谈谈。"

汪文海讲,这个项目主要是三大块:一是隐士文化与隐士生活体验文化旅游区,二是与之配套的休闲旅游生活区和商购区,三是现代农业示范区。第一块也有三块:中国隐士历史与文化博物院、中国隐士生活体验地、南山书院。项目由三家协同共建,省旅游局重点旅游项目,长宁县政府重点支持项目,他的文海集团承建。立项手续已经办妥。

南柯插话问,你的公司什么时候变成集团了?汪文海说,他的公司也整合了另外几个公司,集团公司有它的优势。南柯对这个问题不懂,也就不再问了。

汪文海继续讲,项目实施的地方,选在了唐村。他拿出了一幅手绘地图,说,你看,唐村位于这里,处在一个高台地上,形同孤岛,前方是一马平川,视野开阔,正前方面对的就是终南山,与终南山的直线距离大约八公里。唐村的左边也就是东边，是樊川，在你南山居这个地方，有潏河自南向北逶迤而去。右边也就是西边，是滈河，滈河自南向北曲折贯穿御宿川，御宿川是一望无际的川道平原，视野开阔。唐村的北面隔着一道深沟，沟里有一条细水，当地人称濛溪，与神禾原相望，但它比神禾原略低，神禾原像是一个背后的依靠，但是又不连接。你看，唐村前山后原，东西各是一片平原，又有两条河流左右环抱，位置、地势是多么好！

南柯不禁赞叹：这真是一个天然的观景平台啊！实在是一个"悠然见南山"的绝佳之所！

汪文海又讲唐村的现状，唐村这个地方，原来有三个自然村，历史悠久，可以称得上是古村落。房屋、街道、祠堂、戏台，就像反映旧时代的电影里的一样。还有一个地主庄园、一个民国时期国民党高级将领的公馆、一座小的寺院……

南柯禁不住又要赞叹。汪文海高兴地说，别急，你听我说，还有重要的一点，这个唐村现在是一个完全空置的村落，村民们几年前都搬迁到下边去了，搬到新建的村子里。庄园、公馆、寺院也都是空的。

南柯说，这种情况，可以整体规划和设计，有的现成建筑可以利用，有的可以改造。

汪文海说，正是这样，整体规划、设计，原有的大部保留和改造，新建的东西就不太多了。

南柯说，这样比较节省资金吧？

汪文海说，不一定，有的方面可能花费更多。这种保护性改造费时费力，旧的要修旧如旧，还要适应现代生活；新的要与整个村落风格协调一致，这里边是很有讲究的。

南柯说，对，这个你们一定要把握好。总体的美学风格要有统一性，隐士历史与文化博物院、隐士生活体验地与古村落结合起来，这是一个大文章。规划、设计、建设，应该既有传统的元素，又要有现代感，这个度要把握得很好。不要完全复古，也不要一味现代。这个需要大建筑学家、园林艺术家包括一些其他艺术家的参与，还要有历史学家、民俗学家参与，专业要求很高。

汪文海说，我们的设想和你一样。现在来谈谈你的作用。

南柯笑笑说，我的想法早都和你交流过了。我呢，可以从文学和文化的角度给你们一些建议，我一个人肯定不够，你还得再请专家参与。

汪文海说，我们也研究过了，想请你负责南山书院，同时参与隐士历史与文化博物院和隐士生活体验地的工作，主要起指导和顾问作用。

南柯起来转了几圈，说，可以，这样可以。传统书院的功能主要是讲学、藏书、祭祀，还有学术研究。我负责南山书院，主要抓好讲学和学术研究工作，藏书和祭祀功能就以博物院代替吧。

接下来，汪文海请南柯给他再推荐一些专家和顾问。南柯提了蒙养正、齐文晋、秦钟等人，还有北京、上海、杭州、南京、南昌、武汉、长沙等地的一些专家，汪文海一一记下了。

又说到若南柯到南山书院，如何处理与汉唐文化研究院的工作关系。汪文海说，我跟省旅游局领导商量过，暂时以借调的方式把你调过来，以后看情况再说。研究院给你停发工资，你的薪酬由我们这里发。南柯笑笑说，这样最好。汪文海站起来，郑重地和南柯握了握手，说，那就定了，你从明天起，就可以进入工作角色了。南柯也站了起来，说，这么急啊！汪文海说，不是我急，是项目急。两人说着都笑了。

说着两人又坐下了。南柯又烧了一壶茶。谈完要事，两人把话题又扯开了。

南柯问这个项目是否能赚大钱？汪文海说，不是的，这个项目主要是有意义。比起赚钱的项目，纯粹的房地产最赚钱，这个项目有赚钱的部分，但还有很大一部分是公益的，是为社会服务的，而且整个项目周期长、见效慢，最后能做到收支平衡就相当不错了。

南柯有些担忧，说，如果你最后不赚钱，我倒有了压力。

汪文海呵呵笑着说，钱能赚够？天下的钱还能赚完？他又站起来，在屋子里转悠着，说，人有钱了身边都是陷阱，有多少人算计你，人没钱了倒一身轻松，睡得最好，因为你一无所有。

南柯哈哈一笑，说，你这话虽然有道理，但你这是有钱人说给没钱人听的话。

汪文海正色道：南柯兄，你既了解我又不了解我。我呢，农村出身，后来念书进城，学历不高，当干部、下海，经历了不少，见的更不少。当然也赚了些钱，但是说实话，我并不是以赚钱为人生目的。当然，我最初确实是想挣钱来着，但是，在挣钱的过程中，我也学习、也读书。近几年来，我还反复读王阳明的心学，读各种让人上进向善的书。王阳明说，要致良知，我现在办事做事，就是要致良知，要对得起良心。

南柯说，王阳明还说，人须在事上磨炼。你这正是在事上磨炼，知行合一啊。

南柯没有想到，他的一句话刺激了汪文海，汪文海接下来滔滔不绝，谈他的经历、他的挫折，也谈他的可笑、他的自私，最后谈到了他的觉醒、他对生活和社会的思考，还有他向善的追求。汪文海说，我是一个商人，我知道，商人在社会上被很多人看不起。我没钱的时候被人瞧不起，现在有钱了，有些人心里仍然瞧不起我。这种鄙视商人的观念，是农业社会形成的，认为商人牟利。但是，通过我的商人实践、我的学习和思考，我认识到了，现代社会其实就是以工商业文明为基础的社会，社会进步、历史发展到今天，与工商业文明大有关系。商业行为，由于是双方或几方的等价交换，所以必须是公开化的、透明的、协商的，包括妥协的、自由的、平等的等等。农业文明的社会讲孝道，工商业文明的社会讲诚信。为什么？农业社会是以家为单位生活，生产力低下，普遍贫穷，养儿防老，当然要讲究孝道；现代工商业社会是商品经济，等价交换，就特别讲究诚信。你不诚信，没有人敢跟你打交道；你的产品没有质量保证，也没有人敢买；你的信誉不行，你想借贷也没门。总之，在现代工商业文明社会，一个人没有诚信，他就行不通、走不远。所以说，是商业方式促成了现代文明的一些特点，包括政治制度的设计，也影响了现代人的思维方式、思想观念和行为方式。

南柯没有研究过工商业，听了汪文海这一番话，觉得挺新鲜，也有道理。同时，他觉得，汪文海读的书还真不少，由于他在现实生活的第一线，是一个实践者，是一个演戏的人，不像他南柯，基本上是现实生活的一个旁观者，是一个看戏的人，所以，汪文海对有些问题的思考有他的角度，有现实感，也有一定的深度。

汪文海还告诉南柯，他从来都是积极主动地缴税，有时还用化名多缴税。

南柯说，还有多缴税这事？我还是头一回听说。

汪文海笑笑说，缴税既是法定的责任，也是回报社会。我把缴税的单子都保存着，这也是我的一个收藏。他讲，多年来他还一直在做善事，他用个人的钱，不是公司的钱，还设了一个慈善基金，专门用于资助贫困学生上学，多年来已经资助了十几位学生，而且从来不宣传，不向外人道。

直到汪文海讲演式的话语告一段落，南柯才说，虽然咱俩是老朋友，但我对你的了解还真是不够深入，你这样做人做事我很敬佩，也值得我学习啊。

两人聊到凌晨两点，汪文海才余兴未尽地告辞回去。南柯送他出门的时候，雨已经停了。

汪文海走后，南柯躺在床上，初春的夜风轻轻地叩着窗户，他很久没有睡着。汪文海的一番话，让他想了很多。

# 第二十六章

五月下旬,秦钟约南柯一起到重庆的一所师范学院参加美学方面的学术会议。南柯不大想去,说他正忙于南山书院的筹建事宜。秦钟说,长白山师院的吴颖老师去的,顾晓卉也去的。南柯笑了,说,是这么个情况,那就要去了。

秦钟说,她们坐的是火车,北京过来的,路过秦岭南边的汉江城。我们可以先一天到汉江城,第二天早上从那里上车,与她俩乘同一趟车,到重庆还有近一天的车程,路上可以说说话。南柯说好。秦钟托人订了卧铺车票,与吴颖、顾晓卉是同一车厢。

这天早上,南柯与秦钟从汉江城火车站进了站台,从北京开来的那趟列车刚一靠站,吴颖就兴高采烈地挥着手下了车,南柯却没有看见顾晓卉。吴颖先跟秦钟拥抱了一下，然后对南柯说，晓卉还在车上呢，她不好意思下来。南柯笑了笑，随着他们上车。

进了车厢，南柯找到顾晓卉的隔间，看到顾晓卉坐在下铺正在东张西望，忽然看见南柯，她的脸一下子红了起来。南柯一时也有些紧张，叫了一声"小郭"，然后觉得叫错了，又改口叫"小顾"。

站在身后的吴颖说："你这个南柯，还不到一年不见，就把人的姓都给喊错了。"

"紧张得，紧张得。"南柯放下行车，坐在顾晓卉对面，又说，"以后不喊姓了，跟原来一样，仍叫晓卉吧。"

吴颖的铺位和晓卉在一个隔间，南柯说："吴颖，要不咱俩把铺位一换，我可以在这里和晓卉聊聊天，你到我那里去吧。"吴颖说："好的好的，照顾你。"便拿着她的行李高兴地走开了。

晓卉起来给南柯倒了一杯水，问他："还好吗？"

南柯说："还好，还好。"

列车开动了，晓卉看着窗外，说："这里的风景很美。"

南柯说："翻过秦岭，就是南方了。这里是汉江盆地，前边就到了巴山。五月的汉江两岸正是春意最浓的时候，当然很美啦！"

两人说了一会儿闲话，列车进入群山之间，车厢忽明忽暗。南柯感觉，一年不见，他对晓卉那种浓烈的感情似乎淡了很多，但还是很亲切。他现在已经能比较冷静地看待晓卉了，去年他是深迷其中，觉得晓卉简直是世上最美的女人。现在看，她依然是漂亮的，但是也与平常人差异不大。他很惊讶人的感情对于视觉感受的影响力是如此之大。不过话说回来，从谈话的文化层次和精神深度来说，他觉得晓卉在他认识的女性中还是无人能比的。

傍晚，列车到了山城重庆。他们在重庆住了一晚，夜里在这个山城逛了很久。

第二天有车来接，他们坐车到了乌江边的一座山顶上，那里有一个新建不久的酒店式度假山庄，叫望江山庄，会议就在这里召开。报完到，南柯与秦钟住一个房间，晓卉与吴颖住一个房间，两个房间挨得很近。晚上吃过饭，吴颖就到他们房间来了，南柯说："你俩聊，我去找晓卉聊。"秦钟就说："多聊一会儿啊！"南柯笑了，说："那当然。十二点以前不会回来的。"

南柯敲晓卉的房门，晓卉在里边说，正在洗澡，南柯就说等一会儿再来，就去山庄转。他发现山庄建在一个坡度较缓的山顶上，周围视野开阔。他走到山顶最高处的亭子时发现：山的下边，是一条无声奔流的蜿蜒的江水。他想，这可能就是乌江了。五月的风从山顶滚过，无声地落入乌江。

他再去晓卉房间时，房门开着，晓卉已经收拾好了，显得容光焕发。

进去后，晓卉掩上房门，问南柯喝什么？南柯说喝水。晓卉给他倒了一杯水，坐在靠窗的椅子上。南柯就坐在床边，说："我坐在这里吧，这样可以正面看着你，能面对面说话。"晓卉笑笑，没有言语。

许久未见，现在面对面坐在一起，两个人都无话。你看着我，我看着你，似乎都在等对方先开口。

倒是晓卉先开口了，她说："信我收到了。"

南柯没有说话，等她继续说。

晓卉不再说了。沉默着，看看南柯，看看屋子，似乎在等南柯说话。

南柯问："为什么不回信？"

晓卉说："没有回信，一是懒，一是你已经看得很透，不好再说什么。"

南柯没想到她这么回答。他问："我看透了什么？"

晓卉不接话。南柯说："世上的很多事，其实是看不透的。"

晓卉微笑地看着他，说："东北的天，四点就亮了。我这次出门，外面的天都亮得晚。"

南柯见她岔开话题，说起了闲话，也就不追问了。他知道，很多事情，需要心领神会。没有领会到的，问也问不出来。却没有想到，晓卉突然说了一句："情深不寿，强极则辱。"

南柯说："你年纪轻轻，怎么如此消极？"

晓卉笑了，没有再说。

南柯突然想起，金庸在《书剑恩仇录》中，借乾隆送陈家洛佩玉上的刻字，道出他人生特别推崇的境界，有这么几句："情深不寿，强极则辱；谦谦君子，温润如玉。"

他明白晓卉其实是在回答他前边提的问题，也在表明她的人生态度。他换了话题："你喜欢读金庸啊？"

晓卉说："闲时乱翻呢。"

南柯说："秦钟不喜欢金庸。明天晚上，他要给师院的学生开一个讲座，就是《金庸批判》，你要不要去听听？看他说些什么。"

晓卉说："不去不好吧，你去不去？"

南柯："我随你。我这次来，也没有准备发言什么的，主要是为了见你！"

晓卉低下头，起身去拿一个什么东西，转了一下却没有拿来，一会儿又坐在椅子上。

"你说话总是这么……"晓卉停顿了一下，"这么直率吗?"

"不好吗?"

"也不是不好。就是你这样说话让人不好接。"晓卉说。

南柯说:"我这个人不喜欢猜,觉得直率是最简单明了的谈话方式。人生很短,有多少时间让你去猜啊!比如我们,见一面就很不容易,见面也就是三两天的时间,有些话如果不直率地表达,有些意思还没有猜明白我们就天各一方了。"

停了一下,南柯接着道来:"我也喜欢含蓄,喜欢含而不露的相处艺术,如果两个人真有天长地久的机会。我其实最喜欢古典的爱情方式:炽烈而含蓄,深沉而决然,脉脉含情,心有灵犀。我的初恋,是在中学时代,喜欢班上一个女生,却从来没有表达,也没有表现出来过,从初中二年级直到高中毕业都含蓄着。含蓄的结果,是那个女生从来就没有感知到我对她的感情。后来天各一方,再也没有见过。"

晓卉笑了,并不接话。过了一会儿,她问秦钟与吴颖是怎么回事。

南柯说:"我不能说。"

晓卉又笑了:"在这件事上你却不直率了。"

南柯喝了口水:"做人有做人的规矩。"然后又说,

"我喜欢你。你接受,我就体现在行动上;你不接受,我就深藏在心里。"

晓卉说:"你不懂女人。"

南柯不以为然,立刻回了一句:"你好像不懂人。"

两人互相望了一会儿,又都笑了。

晓卉随意地说:"我喜欢玉。安静、温润。"她说,她曾将一块和田玉送人。

南柯想说一句"陌上花开,君子弄玉",但没有说。他转了话题:"听吴颖说,你特别爱你的孩子,很少出差。"

晓卉说,爱孩子是因为负疚。

"负疚?为什么?"

"我们来到世上,都是受罪,又把孩子带到世上,让他也受罪。"

南柯听了很意外:"为什么这么说?"

晓卉很坦率,讲她当年谈过一个对象,处了两年,发现不靠谱,就断然离开,跟了现在这个当医生的丈夫。丈夫虽然没有什么情趣,但人不错,就是婆婆看不惯他俩在一起。她只要和丈夫在一起。哪怕说个话,婆婆就会出现。婆婆已守寡多年。

南柯立刻道:"我明白了,你婆婆是那种恋子情结很严重的母亲。"

晓卉没有接话。

"你是为什么离婚的?"晓卉问。

南柯回答:"八十年代,有一句很流行的话,叫年轻时我们不懂爱情。我后来认识到,年轻时不仅不懂爱情,更不懂婚姻,不懂生活,不懂人生。我年轻时,二十来岁,因为高傲,也因为自卑,那时的生活没有多少选择空间,人生也没有更多的选择空间,就是依着命运的安排往前走,稀里糊涂的,遇到什么是什么。最早遇到的那个人,是生活中偶然撞上的,既非理想,也不是我选择的。撞上了,也不知道怎么退出,就勉强结婚了。结婚时就有恐惧,没有爱情,更非理想,怎么能够长久?果然,不久就过不下去了……"

"怎么过不下去了?"

"倒也没有激烈的矛盾和冲突。就是很快对她没有感觉了。"南柯停止了叙述,看着晓卉,想着怎样表达才合适。

晓卉似乎听明白了:"后来呢?"

"持续了几年吧。她提出离婚。就离了。"停了一会儿,南柯望着天花板,说,"其实,一个人对于爱情,对于他想要的人,如果不抱理想倒好,这样也能随遇而安。怕的是有理想,理想又很顽固,自己改变不了自己。"

晓卉说:"你不是说,年轻时不懂爱情吗?"

"不懂爱情,但理想是有的。心中一直有一个理想,挥之不去。"

晓卉问:"没有遇到理想的?始终?"

"也遇到过。大学快毕业时,实习的时候遇到的。但是不可能。理想的都是不可能的。"

晓卉又问:"为什么不可能?"

"我是老师,虽然是实习老师,也是大学生。她是学生,高中生。"

"大学生,高中生,倒也不悖伦理。后来呢?"

"前边说了,年轻时不懂爱情,也没有什么生活经验。刚一认识,就失去了联系。人海茫茫……"

两个人都沉默了。

后来又说起别的。聊到中国戏曲,晓卉说她最欣赏《桃花扇》。她谈《桃花扇》,如数家珍,南柯惊异她能背下那么多唱词。南柯熟悉《桃花扇》的人物和故事,但对唱词记得不多,他听晓卉一会儿说什么"眼见他起高楼,眼见他宴宾客,眼见他楼塌了",一会儿又说起"花开花谢",说"谢"比"落"更有意蕴,他不觉困惑,心中惊异于这个只有二十八九岁的年轻女子内心竟是如此悲凉。

两人聊得很晚,过了十二点,直到吴颖回来,南柯才走。

第二天开了一天的会。晚上，听完秦钟的学术报告，秦钟被一些朋友拉着去喝酒，吴颖也去了。南柯和晓卉没有去，两人走出报告厅，发现外面很明亮，一抬头，一轮明月当空。南柯就说，走走吧。晓卉看着月亮，显出欣喜的神情，点点头。两人在如水的月光中走出校园，又走出小城，沿着乌江边走着。晚春的夜风徐徐吹来，江水在月光下泛着银光，发出低沉的声音，涌向远方。两个人有一句没一句地说着话，话题像这夜晚的风，散乱地飘着。

"还走吗？"南柯问这话的时候，他们已经沿江走了很远。

"回吧。"晓卉转过头，与南柯开始往回走。

去往山庄的路上，晓卉突然问："你现在怎么办？"

南柯一时不能确定晓卉这句话具体指什么。她是知道自己是单身的，她也知道自己曾经向她示过爱，而且，是那方面的。"现在怎么办？"是在问他这个男人性生活是怎么办的吗？他从晓卉的问话里，很明确地感觉到，她问的就是这个问题。

可是这个问题怎么回答呢？他看晓卉，晓卉避过了他的目光，向前看着，只顾走路。

这确实是个问题，但怎么回答都不合适。

很快,他说:"我诌了两句诗:山花寂寞红,涧水自然流。你帮我推敲一下,后一句,涧水怎么流?静静,自然,日夜?哪个好?"

晓卉停住脚步,想了想说,想不出好词。过了一会儿,她又说:"'自在'比较恰当。"就又自顾自向山上走。

南柯跟在后边,紧走了几步,说:"我又凑成了两句:月明鸟空啼,云起雨香幽。后一句或者可以改为:云起雨来骤。起名'山中答问'。你觉得怎么样?"

晓卉回头看了看他,没有说什么。

皓月当空,两人沿着宽阔的上山公路若即若离地相随着,各怀心事地走进了山庄。

到了房门口,两个人都站住了。晓卉说,我要洗个澡。南柯说,我也洗个澡。他看了看表说,现在十点,我一会儿还过来吗?晓卉说,你看呢?南柯说,我来吧。就回自己房间洗了澡。

南柯有意磨蹭了一会儿,再到晓卉房间时,晓卉也已洗完澡,容光焕发地给他开了门。南柯还是坐在床边,晓卉坐在靠窗的椅子上,两人面对面。

就这样干坐了一会儿,两个人似乎都在等对方先开口。

南柯先说:"去年分别后,想着没有机会再见了。"

"见了又能怎样呢?"

南柯有点不解:"什么叫能怎样呢?能见还是高兴啊。"

"高兴又能怎样呢?"

南柯有些奇怪:"高兴就好啊。高兴总比不高兴好吧?"

"又能怎样?都是空的。"

南柯说:"你怎么这样悲观呢?照你如此说来,人最后总有一死,万般皆休,人生做什么都是没有意义的。"

"那你说,有什么意义?"

"每个人有每个人的意义,这个意义都是每个人自己寻找出来的,你有你的意义,他有他的意义,人生并没有一个放诸四海而皆准的意义。"

"你的意义和我的意义是不是一个意义?"

"可能是,也可能不是。那就要看我们找没找见我们共有的意义。"

"你找见了没有?"

南柯愣了一下,想了一会儿,说:"见你,能和你说话,很愉快,很高兴。我认为,这就是意义。"

"可是这一切,终必成空。"

"人生终必成空,这是人的宿命。但人不能只看人生的终点,正是有了终点的空,有了终点之后的茫茫夜,人才要抓紧这个奔向终点的过程中的不空。空与不空是人的两面,也是世界的两面,正像有黑夜也有白天一样,要看到事物的两面。这个两面,正是人生的悖论啊。"

晓卉沉默了一会儿,说:"我时常想起《红楼梦》中智通寺门前那副对联:身后有余忘缩手,眼前无路想回头。"

南柯有些激动:"晓卉啊,你怎么比我还悲观呢?从空的观点来看,一切现实的都是没有意义的。所谓'一切有为法,如梦幻泡影,如露亦如电'。"

晓卉沉默了一会儿,说:"难道不是这样的吗?"

南柯说:"你这个有点虚无主义啊。对生活,对有些事情,可以看淡,但是看淡并不是虚无主义。再说,生活中总是有一些事情是有意义的。而且意义就是你自己赋予的,你觉得它有意义,它就有意义。"

南柯又讲现在这个社会的变化,人的生活方式的变化,人的观念的变化,讲到他周围的一些人和事,也讲了自己对这个时代有很多不适应。他绕了一个大圈子,其实是想给晓卉讲明他的为人与性格,他想讲,他的性格中其实有很浓厚的书生气。

也许他的话有些绕,也许他的话有些云山雾罩,晓卉听了一会儿,说:"你说话很含蓄,我比较急,不要说别人,说吧,你想说什么?"

南柯愣了一下,他想,我想说的都说了,说得那么明白,难道你听不出来吗?他迟疑了一会儿,说:"说话气氛不对,说不出来了。没有什么可说的了。"

晓卉说:"那就早点休息,明天还要早起呢。"

南柯就告辞出来了。他在外面转了一会儿,回到自己房间,秦钟还没有回来。他躺在床上,窗外有月光静静地泻进来。他半天没睡着,问自己:你真的不懂女人?我难道不懂女人?

次日一早,南柯和秦钟正准备出门去开会,晓卉到了门口。秦钟说我先走了,南柯说你先去会场,我们一会儿来。他请晓卉进了他们房间。

晓卉站着说:"会议今天就结束了。接下来我准备去三峡,你去吗?"

"你希望我去吗?"

"当然。我跟你最熟。"

"那就去吧。我走过三峡,很美、很壮观。再陪你走一趟。"

中午时分,晓卉又来到南柯房间,说她又想去峨眉山。南柯说,好啊,三峡、峨眉都近、都美,去哪儿都行。晓卉就走了。

这天下午,会议安排大家去附近的一个山景游览。

与会人员浩浩荡荡，晓卉和南柯走在一起，先在大巴车上坐在了一起，后来又要登山，两个人一个缆车，排队时，南柯回头对晓卉说，咱俩吧，晓卉就紧跟着他。一路游览，两人形影不离，很是亲密，南柯感觉，去年在东北他对晓卉的那种亲近感又回来了。一路上，两人一边看风景，一边说话，南柯感觉非常美好。晚上，会议安排在小城的一家户外特色酒店吃饭，秦钟和吴颖不知跑到哪里去了，南柯与晓卉同坐一桌，月光下边吃边聊，说些天南海北、书里书外的话题，南柯没有喝酒，但感觉有些迷醉。

第四天是会议的最后一天。早上，南柯与秦钟在房里谈论会议结束的去向。秦钟说他要去阳朔，吴颖也去。南柯说，你们去吧，好好玩，我和晓卉去峨眉。正说着，晓卉进来了，秦钟招呼她坐，晓卉不坐，就站在门口附近，说她想来想去，还是想去长安，她对长安向往很久，一直没有去过，而且回去也是顺路。

南柯对晓卉变来变去的想法有些困惑，但他高兴地说："好啊，去长安好啊！我无限欢迎，全程接待加陪同。"

秦钟接话："还是最好的导游和讲解。"

南柯又说："在长安，那就多玩几天，一星期、半个月，最好一个月吧！"

晓卉迟疑了一下,说:"去长安呢,我想要秦钟陪着。"

秦钟笑了:"要我陪,我当然乐意效劳。但是,南柯多合适啊!他比我不是更好更合适吗?"

南柯也很困惑:"为什么啊?我陪你天经地义,最好不过。为什么要秦钟陪呢?"

晓卉说:"投以木桃,报以琼瑶。你陪,我何以为报啊?"

南柯一听有些急,就说:"要什么报啊,晓卉!秦钟是我的哥们,我这里也不回避他。我直说了吧,晓卉,我是喜欢你的,也可以说就是爱你。但我这种感情非常纯粹!我从来没有想过回报,也不会以接待你、陪你作为要你做什么的条件。我赤条条来去无牵挂,陪你是我愿意、我乐意。说报什么的就俗了吧!也太小看我南柯了。"

晓卉还想说什么,南柯不等她说,先激动地说:"你放心,你到长安,从去到回,保你安然无恙。我绝不会对你有什么非分之想、额外之求。你尽可以放心。"

秦钟说:"是这样的,晓卉,本来呢,南柯陪你肯定是最佳选择,我陪你也是可以的,当然,到时候肯定是南柯和我一起陪你。但是我提前已经定好了要去阳朔,那边还有个活动,老早答应人家了,无法推辞。你就让南柯陪你,好吗?南柯他人呢,我对他太熟悉了,没说的,好人,有君子之风,对你更是一往情深。你也是一个书卷气十足的女性,说实在的,我看你俩在一起,不说是才子佳人,你们都是才子,也都是佳人,是绝佳的一对啊。"

晓卉红了脸站了一会儿,嗫嚅着说:"这样的话,我再想想吧。"

中午的时候,晓卉来找南柯,说,她哪里都不去了,准备直接回家。说完匆匆走了。

南柯非常惊愕,他不知道哪里出了问题。想问个明白,又不知道该问什么,也不知道该说什么。

就这样分手了。两天后,晓卉回到了长春。南柯在乌江小城又住了一夜,一天后也回到了长安。

后来,两人再也没有见过。

爱情很短,岁月很长。爱情是暴风雨到来时划破长空的闪电,生活是漫漫长夜。这是南柯后来悟到的。

# 第 二 十 七 章

时令已经到秋天，长安的天气依然很热。

唐村的各项建设正在紧锣密鼓地展开。

南山书院是将一个民国时期的地主庄园重新设计，加以改建，大体已经完成。这天上午，南柯正在书院内指挥工人修筑园林水景，接到一个电话，是兰湘婷打来的。兰湘婷说，趁国庆节放假，她母亲要来长安，以前没有来过，想到长安周围的景区游览一下，看他方不方便给安排一下？南柯擦了擦汗，这才想起他有很久没见兰湘婷了。他在电话里说，好啊，没有问题，什么时候来？啊，后天，好，我安排，你放心。他在电话里和兰湘婷商量好，她母亲来了，直接派车接到唐村。唐村离城不远，半城半乡，住到书院，书院有一个院子，专门用来接待客人的，干净、安静，条件不错，堪比四星级酒店。吃饭呢，唐村景区现有三个饭堂，其中一个是专门接待客人用的。

兰湘婷很高兴，笑着说："吃住都简单点吧。"迟疑了一下又说，"我的钱不多，能节省尽量节省吧。"

南柯大声说："哪里的话！哪有让你掏钱的道理。咱妈来了，我还不赶快好好表现表现！"说着大笑起来。

兰湘婷也笑了，拉长了声说："你讨厌！"

第三天上午，南柯先给齐文晋打电话，问他今天忙不忙？齐文晋说没事，他就说了兰湘婷母亲要来的事，他安排接待。为了尽地主之谊，让兰湘婷高兴，请齐文晋来，同时把柳晴也带来，大家聚一聚，这样热闹一些。齐文晋听了，说，这样做事很好。南柯与齐文晋说好，他会派车去接他们。打完电话，南柯把办公室的许梅叫来，让她安排一辆七座商务车，先和兰湘婷联系，接上兰湘婷，再去火车站接兰母；然后返回艺术学院，把齐文晋和柳晴接上，一块到唐村来。许梅的春雨文化传播公司生意这一年不景气，南柯这边刚好用人，就让她来唐村帮忙，安排在办公室。许梅办事细心周到，人又热情活泛，南柯把接待联络这一类事都让她去办。

下午三点多，兰湘婷等几个人来到唐村。到了书院门口，刚下车，兰湘婷就看见南柯一边回头向工人交代着什么，一边脱着手套，快步向他们走来。

兰湘婷很久未见南柯，此时看他，瘦了，脸上也晒黑了，一边擦汗一边脱手套的动作，不像一个知识分子，倒像一个干活的农村人，就是举止有点斯文。

到了跟前，南柯跟兰湘婷、柳晴握手，说："早就想着请你们来，只是还没有完全收拾好。"他跟齐文晋没有握手，在他的肩上拍了拍，"这里就是咱们的一个根据地了，你可要常来啊。"齐文晋呵呵笑着，说那当然。

兰湘婷的母亲看起来不到五十岁的样子，略显拘谨与憔悴。大家互相介绍认识，南柯双手合十，说："欢迎，欢迎！"将他们请进了书院。

兰湘婷从车站过来，带着一些行李，还拴着她的古筝盒子，她要在这里陪母亲住。

南柯引客人进了大门，先到了接待宾客的院子，这是两个连着的四合院。许梅早已在主院客厅摆好了茶点瓜果。南柯向他们简单介绍了一下书院的建设情况和愿景，也讲了唐村的隐士历史与文化博物院和实地体验文旅项目，这个项目与现代农业结合的整体规划和目前的建设情况。略坐一会儿，南柯让许梅领兰湘婷母女先去客房休息一下。兰湘婷母女就去了，柳晴也跟着去了。

齐文晋起来在客厅转着看了看，说："没有想到，你这里是这么好。一直说来看看，一直忙，也不知忙些什么。"

南柯笑笑说:"你是忙人,我是闲人啊。"

齐文晋说:"你哪里是闲人?不是闲人不得闲,闲人不是等闲人。"

两人又说了一会儿闲话。齐文晋说,听人传,沙翰臣出事了。南柯说,是吗?我对单位的事一向不闻不问,出来后,更是置之脑后了。齐文晋说,听说是沙翰臣和敬其礼闹翻了。南柯说,为什么,敬其礼不就是沙翰臣调来的吗?齐文晋说,你现在真是成了隐士,哈,是现代隐士!你不知道吗,敬其礼能来,是给沙翰臣又送钱又送礼得来的。听说,现在纪委查证落实敬给沙送钱送了二十万,礼呢,是一件文物,不过是件假文物。正是因为这件假文物,沙翰臣找行家鉴定是假的,找到了敬其礼,两人就吵起来,闹翻了。这个丑闻在文化界闹得沸沸扬扬。你倒好,躲在唐村当起农民来了,我刚到时,看你那个样子,就像是一个干活的农民嘛。

南柯说,干活好,干活好。"晨兴理荒秽,带月荷锄归","此中有真意,欲辨已忘言"。一边干活,一边读书,神仙也。

正说着,兰湘婷和柳晴进来了。兰湘婷说她母亲有些累,想休息一会儿,她俩过来说说话。南柯问:"你爸爸怎么没有一同来呢?"

兰湘婷没有回答,看了柳晴一眼。柳晴说,她爸很早就和她们分开了。

南柯"哦"了一声,赶紧请兰湘婷坐下吃点东西,又削了一个苹果递给兰湘婷。兰湘婷接了,轻轻咬了一口,没有说话。

齐文晋批评南柯:"你呀,除了你关心的、认为有意义的,其他事你都漠不关心。这么重要的事,你以前都不问,都不知道?"

南柯有些歉然:"你批评得对。不过,我这个人呢,是人不说我不问,习惯如此。"顿了一下,又说,"这个习惯可能也不一定对。"

许梅在门口探了一下头,南柯看见了,对她说:"你去望山楼安排一个包间,晚上在那里吃饭。"许梅应声欲走,南柯又把她叫进来,几个人跟兰湘婷商量了一下,对这几天兰湘婷和她母亲在长安的活动作了安排,明天去市区参观,后两天去长安东线和西线参观,车辆、饮食、游览景点及路线、陪同,一一商量安排妥当,许梅才离开。

屋内几个人又说了一会儿闲话,气氛渐渐好了起来。南柯问柳晴,明年你们就毕业了吧,你有什么打算,工作还是考研?柳晴说,先工作吧,学习太累了。问她回兰州还是留在长安?柳晴看了一眼齐文晋,说,当然想留在长安啦。兰湘婷说,能留在长安也很难的。南柯说，事在人为嘛，不过，齐老师有办法，他熟人多、关系广，总能帮忙联系一个好单位的。说着，大家都看了看齐文晋。齐文晋说，一起努力吧，我会尽力而为的。

南柯又问兰湘婷："你怎么打算？"

兰湘婷说："我吧，还是想出国。"

齐文晋说："你学的是民族器乐，到国外可能没有太多的发展空间。"

兰湘婷没有接话。

南柯说："可以去日本。日本和中国在文化包括艺术上有许多共同点、相似点，民族器乐在那里应该有发展空间。再说，除了器乐演奏，也可以在艺术修养提升、理论研究方面拓展嘛。"

南柯是一个聪明人，他原来只听说兰湘婷的母亲在南方一个小城的财政局工作，就想她家境应该不错，没有再仔细询问过她家里的情况，刚才听说兰湘婷父亲很早就与她们分开了，虽然对其家境没有更进一步的了解，但他可以想见兰家的情况。他觉得过去他只顾与兰湘婷谈感情，忽视了对她生活和学习的关心，包括应该有的帮助，心里有些自责和歉疚。

柳晴说："是啊，兰湘婷一直想去日本呢。"

南柯笑笑问："哎，你那个男朋友怎么样？他好像就在日本。"

兰湘婷说:"你讨厌!"

南柯说:"问问嘛。过去该问的不问,齐老师说我不对。现在问了,难道又错了?"

柳晴看了看兰湘婷,说:"唉,她那个男朋友,就不提了吧。"

南柯看看众人,齐文晋也看着他,不说话。他突然有些明白了,"哦"了一声。

大家沉默了一会儿,只顾吃东西。南柯起来,给兰湘婷倒了杯水,给柳晴和齐文晋也添了水,重新坐下。

"想出国,想去日本,可是,你有没有具体的规划和路径呢?还有,最大的困难是什么?"南柯问兰湘婷。

齐文晋说:"南柯,我还要再批评你,你的书生气太重。困难?困难是明摆着的,不要问了。至于具体的规划和路径,倒可以和兰湘婷沟通一下、商量一下。"

南柯想了想,说:"文晋批评得对,我貌似聪明,但在有的方面确实蠢得可以。"

兰湘婷说:"我就想去日本。具体的,没有。"

南柯又"哦"了一声,说:"你有理想,也蛮倔强的。不过,可以理解,完全理解。我也赞成。"沉思了一下,南柯说他想起来了,有一位日本京都艺术大学的学者,叫安本实,热爱中国文化和艺术,近年多次来长安考察、研究唐文化和艺术,他与其认识多年,认为这个学者人品好、学问好，诚恳、严谨。现在安本先生就住在长安外国语大学，不妨咨询一下。又说，这几天趁兰湘婷在唐村，他把安本先生接过来，当面讨教。

兰湘婷眼睛一亮，高兴地说："那就太谢谢啦！"

南柯说："谢什么呢？没骂我就够好的了。"

几个人都笑了。正说着，齐文晋接了一个电话，柴一才打来的，问他在干什么？齐文晋支吾着捂起电话看南柯，悄声说是柴一才打来的。南柯笑笑说，他要没事，就请来吧，好久未见了。过节大家聚一聚，吃个饭，也热闹。

半个小时后，柴一才坐着一辆出租车来了。兰湘婷母亲也休息完毕起来了。

南柯陪着他们先在书院参观。他说这个地方原来是一个大地主的庄园，经过改建，新旧结合、传统与现代结合，外观中式，内部较为现代。这两个接待用的院子是按四星酒店标准建的，一个院子用作接待来宾，一个院子用作临时授课教师住宿。

柴一才仔细看了，说，这绝对是按高档酒店的标准装修的啊，有的是四星级标准，有的还超了哎！你看这卫生间多干净，洁具都是国际大品牌，多漂亮！房间大，光线好，周围安静。晚上就住这里吧。

南柯说，好啊，都住这里。房间有的是，你们一住，就有人气了。

兰湘婷说，我跟柳晴住一屋。

柴一才说，那我们几个男士住一屋。齐文晋说，我要单独住，怕你打呼噜。

南柯又带他们看了书院的主体院落。先看了先贤馆，里边是张载、冯从吾、李颙、李柏、李元春等关中大儒的画像和著作。又进了南山讲堂，南柯说这里是讲课用的。然后进到南山藏书楼，有新书，也有不少旧版书，古今中外的书都有。柳晴说，还有西方现代哲学著作呢。兰湘婷说，音乐方面的书也有。南柯说，书院虽然是中国传统的教育和学术机构，但在现代社会，我们办书院，不是为了复古，而是为了因应现代社会。现代书院的职能，是学校教育的有效补充，是社会教化的有益辅助，也是学术交流的一个平台。南山书院的宗旨至少应该有这么几点：开卷有益，传薪有火。古今在望，天地在心。开卷有益是说要多读书、读好书。传薪有火是说要传承中华优秀传统文化精神，强调知识分子的道义担当。古今在望是说要有历史眼光，更要有现实关怀。天地在心是说要胸怀世界，与人类同行。

柴一才说："以前光听你说想办书院，我对书院了解不多，其实几乎是没有什么了解，今天听你这么一说，感觉还蛮有讲究、蛮高大上的。"

齐文晋说:"瞧你,古代长安就是中国书院的发源地,书院的历史在长安源远流长。"

兰湘婷说:"感觉书院是一个很严肃的地方。它跟艺术有关系吗,在这里能弹琴吗?"

南柯说:"中国书院,其实在根本上讲,是以文化人,讲修德、修身,当然也要修艺。孔老夫子就说:志于道,据于德,依于仁,游于艺。书院当然也要修艺啦。我办书院,提倡的是,会琴棋书画,爱诗酒花茶。看,前边到了游艺馆,这里就是雅集的地方,可以弹琴、唱歌、跳舞、写字、画画。"

大家看去,这里其实是一个隐藏在一片竹林和花木后边的院子。进了门,沿着迂曲的石径,到了一个大堂,抬头看,房屋的顶盖是一尺多厚的稻草,外墙像是土墙。南柯说,这个墙看着像是黄泥的,其实是一种防水材料做的,屋子里边南北通透,门窗都是极为宽大的优质钢化玻璃做的,视野极好。

到了大堂门口,兰湘婷看见门两边挂着一副对联:"诗酒花茶允情允理,琴棋书画参古参今。"

兰湘婷的母亲一路跟着参观,并不多言,略显拘谨,这时却停下脚步,一边欣赏对联,一边说道:"这副对联意思好,字也好!"

柴一才看落款,念道:"南柯撰并书。"又说,"字一看就是南柯写的，原来对联也是南柯作的。"

齐文晋笑着对兰湘婷说："你母亲很有眼力，显然是行家嘛。"说得兰母不好意思起来。

进了游艺馆，里边用屏风隔出几个隔间。南柯说，屏风隔断，可以随意组合，可大可小。这是个小型舞台，可以舞蹈；这里是画案，可以写字作画；这个向南的是琴室。大家看去，一个简素的屋里，落地窗前，一个琴桌，一张古琴，地上是几个蒲团。兰湘婷问，你们哪个弹古琴呀？南柯说，鄙人，刚学不久。他接着说，他一直很喜欢古琴的声音，南山书院也准备开设古琴课，专门请了古琴广陵派的一位传承人来教，现在有几位画家和书法家在学，他也跟着学，还是小学生。兰湘婷觉得惊奇，就让南柯弹。南柯说，晚上吧，吃罢饭我们几个在这里雅集一下，你和柳晴演奏秦筝，你们两位是主角，我们当配角。齐老师、柴一才唱歌，我呢，弹两首琴曲，刚学会的，献丑。几个人就鼓掌称好。

晚上吃罢饭，下望山楼的时候，兰湘婷见头顶一片明亮，抬头一看，半个月亮挂在天上，月华满地，南山隐隐在望，心中满是欢喜，不由得说："真美啊！"众人也都在楼梯上住了步，看月望山。看了好一会儿，几个人才走下楼梯，踩着月光，漫步唐村街道，回到南山书院。

柳晴和兰湘婷走在前边,刚进书院大门,柳晴问:"什么香味啊?这么好闻。"

南柯跟在后边,说:"桂花香。"他手指着前边说,"你看,那里,都是桂树,金桂。"

柳晴跑过去看,原来桂树叶子间,满是小小的金灿灿的花朵,浓香扑鼻。她叫兰湘婷,兰湘婷也跑过去看,两人高兴地闻了好一阵子。

柴一才和齐文晋走在后边,柴一才在书院门口张望了一会儿,说,南山书院这几个字原来是蒙养正先生写的,有骨力,有韵味,真好!兰湘婷的母亲同在后边,听说后也抬头看。

南柯说:"大家也走了一会儿了,现在直接去游艺馆,如何?"

兰母却说不去了,想回房间歇着。南柯想劝其同去,兰湘婷说:"我妈身体弱,可能累了,就先回屋吧。"南柯就让许梅陪兰母回房间,安顿好了就下班回家。兰湘婷说她也陪着回屋,顺便把秦筝拿来。

过了一会儿,南柯、齐文晋、柴一才、柳晴、兰湘婷五人齐聚游艺馆。南柯见月光明亮,建议就在馆外南边的草坪上雅集,众人称妙。放好秦筝和古琴,拿了几把椅子,五个人随意坐着,南柯先请柳晴和兰湘婷演奏秦筝,说专业的先来。兰湘婷先演奏了一首曲子《渔舟唱晚》,奏罢想停手,众人不让,她又演奏了一曲《秋思》。大家鼓掌。柳晴接着演奏了一首曲子《高山流水》,大家也不让住手,她又演奏了一曲《昭君怨》。奏罢,大家鼓掌。南柯一边鼓掌一边悄悄地对齐文晋说:"这两首曲子都是对你的倾诉。"齐文晋装作没有听见,只顾鼓掌。

两位女士奏罢,兰湘婷让南柯演奏古琴,南柯说换一种节目形式,他的古琴放最后,请齐文晋和柴一才出节目。齐文晋说他朗诵一首李白的诗。他清了清嗓子,报题目《金乡送韦八之西京》,道时代及作者,"唐,李白",然后仰着脖子、打着手势,开始朗诵:

客自长安来,还归长安去。
狂风吹我心,西挂咸阳树。
此情不可道,此别何时遇。
望望不见君,连山起烟雾。

大家鼓掌,柳晴和兰湘婷都说再来一个。齐文晋笑了笑,说他再朗诵一首李白的,接着报题目《下终南山过斛斯山人宿置酒》:

暮从碧山下,山月随人归。
却顾所来径,苍苍横翠微。

相携及田家,童稚开荆扉。

绿竹入幽径,青萝拂行衣。

欢言得所憩,美酒聊共挥。

长歌吟松风,曲尽河星稀。

我醉君复乐,陶然共忘机。

齐文晋不愧是教古典文学的,他的朗诵声情并茂,特别是能把李白诗那种特有的意境和韵味精确细微地传达出来。朗诵完毕,大家默然了一会儿,才开始鼓掌。

该柴一才出节目了,他一看这阵势,都来雅的,便有些心虚,非要让南柯先来,说他最后表演。

南柯就先取琴,然后把琴放置在琴桌上,正襟危坐,静默一下,拭琴,抚琴,报曲目《忆故人》,然后开始弹奏。弹毕,大家鼓掌。

兰湘婷说:"你说你是小学生,但是弹得很不错哎!虽然技法还不很熟练,但是曲子的意味还是能传达出来的。"

南柯站起来鞠躬:"谢谢指教!"大家都笑了。

南柯又报曲目说,第二首曲子是弦歌《阳关三叠》。柴一才问什么是弦歌,南柯说就是一边演奏一边吟唱。柴一才"哦"了一声,说是头一回听说。

南柯再静默,拭琴,抚琴,弹奏,弹奏的同时开始吟唱：

渭城朝雨浥轻尘，客舍青青柳色新。
劝君更尽一杯酒，西出阳关无故人。

南柯声音浑厚，吟唱深沉低回，情意绵绵，把送别的情绪演绎得很到位。

奏毕，大家默然了一会儿，才开始鼓掌。

柳晴说："这首曲子南柯老师弹得好，唱得更好。"

南柯站起来，向大家一一鞠躬。然后说，他正在学另一首弦歌《长相思》，等将来有一天，他再给各位演奏并请教。

柴一才说话了："你们这么一本正经、这么雅，搞得我都不知道出什么节目了。我还是算了吧。"

柳晴和兰湘婷说不行不行。南柯说："不能例外啊。"

柴一才抓耳挠腮半天，说："我讲个鬼故事怎么样？"齐文晋说不行不行，这么好的月光，这么好的环境，讲什么鬼故事。柳晴让他唱歌，柴一才说，"我天生的嗓子不好，唱歌比鬼哭还难听。"他又抓耳挠腮一会儿，"这样吧，我讲个笑话，怎么样？"大家同意了。

他开始讲：有男女朋友，晚上同睡一个房间，女的画了条线说："过线的是禽兽。"醒来发现男的真的没过线,女的狠狠地打了男的一巴掌,"你连禽兽都不如。"

大家笑了。齐文晋说,你这个笑话太俗了,而且涉黄,有点大煞风景。

南柯说,应该是曲终奏雅,你这是曲终说俗。大家又笑了。

柴一才说,那我再讲一个。南柯说算了算了,不讲了。柴一才说,那不公平,你们每人都有两个节目,为什么到我只能讲一个?我再讲一个,这个更好笑,题目叫《猫与鼠,也缠绵》。说着就讲了起来:三个老鼠在一起吹牛。第一个说,我常在老鼠夹子上跳舞;第二个说,我吃老鼠药跟吃糖豆一样;第三个说,你们看见房檐上的那只猫没有?它的肚子大了,哈,咱搞的。

兰湘婷和柳晴捂着嘴互相看了看。南柯说,你这个笑话有些少儿不宜。然后说:"唐村雅集,不,雅集兼俗集,圆满结束。现在,大家回去休息吧。"

这一天夜里,兰湘婷和柳晴同住一屋,两人说还要说说话。南柯与齐文晋住一屋。柴一才也不回去了,单独住一屋。

南柯和齐文晋洗漱罢刚躺在床上,柴一才敲门进来了,手里端着一杯茶,说他睡不着,过来聊聊天。

三个人聊了一会儿国内外新闻,话题渐渐收拢到身边的人和事。

柴一才说:"老潘死了。"

南柯和齐文晋一惊。齐文晋说:"怪不得好长时间没有老潘的消息了。怎么死的?"

柴一才说:"详情不知道。"沉吟一会儿,又说,"可能是突然暴亡。"

"为什么?"齐文晋问。

柴一才说:"老潘是你不寻他,他要寻你的角儿。现在他的电话打不通了,也不是关机,是停机了。打他老婆的电话,有时能打通,但不接。原来跟他玩的几个女孩,也突然不见了。总之,跟老潘有关的一切,都消失得无影无踪。好像这个人从来没有存在过一样。"

南柯说:"你说得有些恐怖。"

齐文晋说:"老潘这个人,我也是了解的。突然消失,你联系不上他,他也不联系你,这不是他的风格。我判断,八成是死了。"

柴一才说:"什么八成,百分之百。"

齐文晋说:"我突然感到,人们说的善有善报、恶有恶报,也许真的有道理。"

突然聊到这么沉重的一个话题,大家都不再说了。

沉默了一会儿,柴一才问齐文晋:"听说秀她前一阵子回来了?"秀是齐文晋的妻子。

齐文晋显然不太想谈这个话题,双手垫在脑后,望着天花板说:"是的,回来办手续。走了。"

"办什么手续?"柴一才端着茶杯在房间里走来走去。

"离婚手续呗。还能有什么手续。"齐文晋继续看他的天花板。

南柯关心地问:"走了?去哪了?"

齐文晋坐起来,上了卫生间。他在卫生间里说:"去美国了。"

"那你怎么办?"柴一才问。

卫生间传来的声音:"怎么办?凉拌。"

柴一才说:"这么说,你虽然又成了孤家寡人,却也解脱了,自由了。"

齐文晋洗了手,回来继续躺在床上盯天花板。

柴一才还在房里晃悠,他思索着说:"那你现在有没有瞅上合适的?哎,柳晴怎么样,我觉得她对你挺有意思的。"

齐文晋好一阵子才接话:"你敢想,我不敢想。"

柴一才说:"为什么不敢想?"

齐文晋说:"瞎操心你吧。你现在的情况,怎么样?怎么办?"

柴一才说:"我没什么事,我就是走哪儿是哪儿呗。"

三个人又聊了一会儿。南柯看时间已过凌晨两点,就说,睡吧。柴一才这才回他房间去了。

## 第二十八章

六月的唐村,天气虽然很热,但由于此地突起于川道平原,是一个高地,南山的风毫无阻挡地扑面而来,加上村中四处绿树浓荫,倒很是凉爽。

南柯早早起来,趁着凉快,在书院办公室继续修订隐士博物院的解说词。正忙着,齐文晋打来电话,说兰湘婷、柳晴马上就毕业了,正在筹划毕业音乐会,问他要不要帮点忙,参与一下?南柯了解齐文晋的性格,他做事稳当、考虑周详,他来问,说明他认为应该这样做。

南柯放下手中的材料,说:"她们这就要毕业了?时间过得真快呀!距离那天晚上的唐村雅集,已经快一年了。毕业音乐会,我当然要参与。说吧,需要我做什么,我能做什么。"

齐文晋说："你呀，还是书呆子气。你能做什么，还用问吗？"

南柯笑了笑说："你批评得对。但是，怎样做，才能既帮了她们，又能让她们坦然接受，不要让她们感到难堪。"

齐文晋也笑了，说："那我就不知道了，你看着办。"

南柯问："本科毕业生演奏会有什么讲究？"齐文晋说："也没有定规，主要是毕业了，给一些关心自己的老师和学校领导以及同学朋友展示一下，算是对四年学习的总结和汇报。有钱的大搞，在学院音乐厅开，请的人多，排场大，这是极少数，因为都在音乐厅搞也排不过来。钱少的，找个合适的地方，请少量的老师、同学和朋友就可以了。经济实在困难的也就算了。"南柯问兰湘婷和柳晴的心思是什么？齐文晋说："她俩吧，就是想给几个关心她们的老师展示一下，再请一些同学和朋友就可以了。"

放下电话，南柯继续看了一会儿材料，出了书院大门，到唐村去转转。

作为一个重点文旅项目和现代农业示范区的唐村改造工程，正在全面铺开。南山书院基本建成；中国隐士历史和文化博物院少部分建成；隐士生活体验地正在分阶段建设；现代农业耕作地由于涉及台地下边的部分土地，要有稻田，各方正在规划和协调。南柯虽然只负责南山书院，博物院建设也负责一小部分工作，但他对唐村建设的全局是关心的。工作间隙，他喜欢各处转转。一是看进度，二是发现问题，第三，也是散心。

南山书院近旁是第一期工程，建了一些会议、活动和休闲项目，已经建起几个小型个性酒店和特色民宿，还有会议、展览场所；唐文化和隐士文化旅游街区一期部分也已建成，很多店面已经开张。

走进旅游街区，南柯远远看见前边一个招牌："唐村书坊"。他心想，这是一家书店啊，不知什么时候开张的。进去一看，里边还很大，装修风格有唐文化元素，也有强烈的现代气息。多个功能空间错落排列，有曲径通幽之感。

正东看西看间，一位姑娘笑盈盈走上前来，轻声说："南老师，好久不见了。"

南柯定睛一看，原来是书院门汉唐古旧书店的吴眉。他略感吃惊地说："哟，吴眉啊，你怎么在这里？"

吴眉笑着说："一直等你请我喝茶呢！没有等到，就来这里了。"

南柯听出她是在开玩笑，也笑了，说："是吗，在这里等待一个邂逅？"

吴眉没有接话，她一边陪着南柯看，一边介绍这个书坊。她说这里经营的项目是跨界组合，不单纯是书籍。书籍有旧书，也有新书，新书以唐代文化、历史和文学为主，还有一些休闲方面的书和比较前沿的学术书籍。除此之外，还有文创产品、咖啡与茶休闲区、文化沙龙。吴眉说文化沙龙在二楼，说着就领南柯踏着木头楼梯上了二楼。南柯一看，文化沙龙几乎占了二楼的一多半，从窗户望出去，南面就是终南山，东面是唐村街景，西边是整个御宿川。他站到窗前看了看，说，这个位置很好啊，视野开阔，又比较安静。吴眉说，这里可以坐三四十位客人，讲课、座谈、雅集，都合适。又指着旁边说，那里还可以品茶、喝咖啡，私密谈话。然后请南柯到品茶区，说："今天我请你喝茶。"

南柯在一把藤椅上坐下，吴眉去吧台要了一杯汉中仙毫茶，端给南柯，自己要了一杯白水，坐在南柯对面。

南柯问："你在这里负责？"

吴眉说："算是吧。我负责店里的日常。我男朋友管整体，订货啦、活动啦什么的。"

南柯喝了一口茶："有男朋友啦？男朋友是老板？"

"对。"

南柯笑了："那你们是夫妻店喽。"

"将来是。"吴眉笑着低下了头。

南柯看着窗外葱绿连绵的南山,笑了笑,说:"一宵春雨昨夜忙,山自青青水自流。"

吴眉抬头:"你说什么?"

南柯笑笑说:"忽然想起不知谁的两句诗,闲说的。"接着又说,"什么时候见见你那位男朋友。"

吴眉说:"可以啊。他一会儿就来。"正说着,她的电话响了,吴眉接起,"噢,我马上下来。"然后对南柯说,"你先坐,他回来了,我下去帮他拿个东西。"说着就下楼了。

南柯看看窗外的南山,又看看这个安静的文化沙龙,忽然觉得:把兰湘婷和柳晴的毕业演奏会放到这里,也是挺好的。

正思谋着,吴眉跟着一个中等个子的男子上楼来了。南柯站起来与男子握手,看他有三十来岁。吴眉介绍:"我男朋友,唐楷。"南柯说:"幸会幸会!唐楷,唐代的楷书吗?"唐楷说:"正是,唐代的楷书,就是这两个字。"南柯说:"这个名字好。"唐楷请南柯坐下,让吴眉给南柯换一杯茶。

吴眉端了一杯新茶过来,南柯正在向唐楷作自我介绍:"我叫南柯,南柯一梦的那个南柯。"唐楷站起来拱手,连声说:"久仰久仰!您就是南山书院的山长啊。"南柯请他坐下,说:"欢迎二位有空了,到书院做客。"

聊起唐村书坊,唐楷和南柯谈了他的一些经营理念,南柯心想,这个年轻人不简单。说到文化沙龙,唐楷说他今年想不定期地搞一些讲座和雅集,聚拢人气,提高书坊的知名度和影响力。说着,就请南柯来作一次讲座。南柯说,好啊,就讲《唐代文人的生活和趣味》吧,时间再定。唐楷很高兴,又说讲座还有一点薄酬。南柯笑笑说,报酬就算了,算是为唐村的发展尽一点力。他又开玩笑地说,以后来买书给点优惠吧。又聊起雅集的情况,南柯说,有两个艺术学院学音乐演奏的学生想举行毕业演出,能不能放在这里举行?唐楷一听,忙说好啊,求之不得呢!南柯谈了毕业演出的一些要求,两人商定:书坊免费提供场地,同时请几位嘉宾也来参与活动。南柯个人付费,请书坊为活动提供茶歇、接送学生及其他客人,晚餐由南柯负责并安排。

出了唐村书坊,南柯一边在街上溜达,一边给齐文晋打电话,把音乐会的联系情况作了沟通,让齐文晋再和兰湘婷和柳晴沟通确认。

周六下午,柳晴、兰湘婷毕业音乐会在唐村书坊文化沙龙顺利举行。兰湘婷和柳晴请了她们的老师和系上两位领导、一些要好的同学和朋友。表演结束,许梅和吴眉向两位演奏家献上了鲜花。兰湘婷和柳晴的同学跳着闹着,赞赏这里的环境好,安静,舒适,视野开阔,说古筝演奏与环境特别相宜，很有氛围和感觉。南柯与齐文晋坐在后边的角落里，南柯的旁边是安本实。安本一直笑眯眯的，表现出对节目很欣赏的样子。

南柯与齐文晋低着头在悄悄说话。南柯说，可惜，柴一才没有来。齐文晋说，他的时尚饮品店生意不好，关了，人跑到上海去了。南柯说，这个浪荡鬼，走了也不打声招呼。齐文晋感叹着说，我有时倒羡慕柴一才，没有故乡，喜欢浪荡，在哪儿都能待住，在哪儿也都待不住，真正的四海为家啊。南柯说，他哪天回长安了，一定告我一声。齐文晋说，这个浪荡鬼，不知道啥时候会再回来，听说他要去美国呢。南柯"哦"了一声。

正说着，许梅请他们去吃饭。南柯赶忙请安本实等几个人出了唐村书坊。

晚餐之后，兰湘婷和柳晴陪着老师、同学和朋友又在唐村街道上走了很久。

晚上九点多，一辆大轿车和一辆商务车送走了城里的客人。兰湘婷和柳晴没有走，她俩来到南山书院会客厅，南柯、齐文晋和安本实正在那里说话。安本实的中国话说得相当好，他正在给南柯讲兰湘婷去京都艺术大学留学的落实情况。南柯一边听一边点头，表示感谢。

看两位姑娘进来，南柯笑着请她们坐。

"累了吧？"南柯问。

兰湘婷和柳晴互相看了一眼,兰湘婷说:"不累。今天真高兴!"

柳晴说:"好多同学都不想走呢!"

南柯说:"好啊,不想走,说明这里还不错。你说是吧?"他问齐文晋,齐文晋笑着点头,"回头有机会再请他们来吧。"

两个姑娘坐下后,安本实又把兰湘婷的留学情况向她说了一遍。兰湘婷听了连说感谢,柳晴说:"这么一听,我也想去日本了。"

齐文晋笑着说:"你能舍得放弃你在艺校的工作?"柳晴已经联系好了在长安艺术学校当教师。

柳晴说:"也就是想想嘛。"

南柯说:"理解。这山望着那山高嘛。"大家都笑了。

这时,安本实站起来,给大家弯腰行了礼,说他没事就要回去了。

送走安本,几个人在唐村街道上慢慢地走着。夜风吹来,有淡淡的花香弥散而来。四个人都不说话。齐文晋抬着头看天,柳晴低着头看地,一左一右,好像都有心事似的。

"柳晴找了新的男朋友,两个人可能明年就会结婚。"兰湘婷和南柯在后边走着,她悄悄地说。南柯"哦"了一声,没有再说什么。

"月亮升起来了!"兰湘婷高兴地说。

南柯抬头一看,一弯上弦月静静地挂在湛蓝的天上,像一叶小船漂在大海上。

"晚上还回去吗?如果不走了,就住在书院吧。"走了一阵子,南柯问。

几个人都停住脚步,互相看着。齐文晋说:"回去吧。她们在学校已经没有事了,这几天就离校回家,各奔前程。可能还有些自己的事情要处理。"

兰湘婷和柳晴也互相看看,柳晴说:"回吧。"

南柯说:"那我安排车送你们。"

很快,车来了,等在路边。兰湘婷一看司机是牙生华,就有些担心地看着南柯,又看看柳晴,悄声说:"这个师傅开车很不稳的。"

南柯笑着说:"哈,放心吧,牙师傅办公司不行,但是开车,现在的车技绝对一流。"

牙生华原来的广告公司办不下去了,现在到南山书院办公室做一些后勤工作,兼做司机。他听见了,咧开嘴笑着说:"唉,那是原来的那个车不行,那个是波罗,这个是奥迪,顶配。放心吧!"大家都笑了。

分别的时刻到来了。兰湘婷先要回湖南老家,然后从湖南,再去日本。

兰湘婷站在南柯面前,笑了笑,又低下头。

南柯对兰湘婷说:"湘婷,我就在这里跟你告别吧。"

兰湘婷说:"我还没有当面感谢汪文海老师呢。"兰湘婷去日本留学,是汪文海用他的慈善基金提供的资助。

南柯说:"不用了。汪先生最近在国外,我回头把你的谢意给他转达一下。"

兰湘婷说:"我现在不知道说什么好了。"

南柯说:"不说了,这种俗事不说了。"他看着淡淡的月光下的远方,"飞吧,好好飞吧。看看世界,看看世界有多广阔,看看世界有多精彩。"他停了一下,笑了笑,"如果有一天飞累了,就回来。看够了,也可以回来的。"

月光下,他看见兰湘婷的眼角挂着一滴泪,闪闪发光。

两人握了握手。握手时,南柯把头俯在兰湘婷耳边,轻声说:"记着,回家了,代我问咱妈好。"

兰湘婷笑了,轻轻地拖着声说:"你——讨——厌!"

挥一挥手,兰湘婷她们走了。

南柯在原地待了一会儿,开始往书院走。路上,他心中忽有感念,不觉轻轻地吟道:

暮从碧山下,山月随人归。

却顾所来径,苍苍横翠微。

……

最后一次见如忆,是在一个上午。

那天,南柯回到城里唐园的家里,有一点空闲时间,他在电话中约如忆在香雪园北边的论语堂见面。此前,如忆给他打过几次电话,他都忙着。如忆来后,他们拣了二楼一个临街靠窗的雅座,他要了一杯茶,给如忆要了一杯咖啡,准备与如忆好好聊聊天。他们也好久没见面了。不知为什么,两人的关系后来有些冷淡。

见了如忆,没有说上几句话,南山书院的工作人员就给南柯打来电话,说有急事汇报并商量。南柯让他们到论语堂来。不一会儿,有两个人夹着包匆匆上了论语堂二楼。南柯请他们坐到另一个包间,笑着和如忆说:"稍等一会儿,我很快就过来。"他看到如忆的脸上明显地显出不快。

南柯到包间与南山书院的人说事,说了一个多小时才出来,如忆已经走了。

后来,南柯一直忙着南山书院的事,七事八事,弄得他焦头烂额,也没有顾上再约如忆。

生活就是这样,它不断地逼着你往前走,身后边的事有时就渐渐地忘了。有一天,猛回首,南柯不知何时已经丢掉了如忆。

有一段时间，南柯经常坐在小车里，在去往唐村的路上，车子轻轻地摇晃着，他的脑海里会出现两个如忆的形象：一个是东门中学那个天真的、苗条的少女，一个是广商银行这个略显忧思、身体也有一点点发福的如忆。他觉得两个如忆似乎是两个人。说判若两人可能不大对，但又确实不是一个人了。

东门中学那个如忆，是让人惊心动魄的，是万千人中你一眼就能望见的；广商银行这个如忆，依然漂亮，你见了还觉得亲切，但确实是褪去了那种唯她独具的摄人心魄的光芒。

南柯很是感慨，他不知道这是岁月流逝的原因，还是他心境变化的原因。

后来，他再也没有见过如忆。他把如忆忘了，如忆也把他忘了。

有时候，他会想起古人的两句话：与其相濡以沫，不如相忘于江湖。

2003 年初稿

2019 年第二稿

2020 年 1 月第三稿

# 后　记

　　这是我的第一本长篇小说。最早写于十多年前，2002年开始写，写到2003年初，写了十多万字，没有写完，放下了。后来"非典"来了。一放十六年，几乎把这个小说忘了。2019年，我准备写另外一个小说时，找到这个小说，看了一遍，自我感觉"挺好的呀"，于是又放下那个准备写的小说，开始接着写这个中断了十几年的小说。当然，接着写的时候，把前边写的也改了一遍，以使前后气脉贯通。2019年写完，2020年初改定。之后，"新冠"来了。

　　生活与历史中的某些"偶然"与"遭遇"，令人惊诧。

　　回想起来，我最早的人生梦想，就是当一个作家，那时对作家的理解就是写小说的。那个时候，十岁多一点吧（我十四岁到了城里），我还在乡下，几乎看遍了村子里能借到的小说，心生宏愿，也想写长篇小说，那时对写什么的理解，就是写农业学大寨如农民修水库一类内容。后来进城上学，到新华书店当临时工，进工厂当工人，读了古今中外大量的小说，还在做写小说的梦，但对于写什么内容，并没有自己的理解和认识。读大学时，对理论发生了兴趣，毕业后在一家文学刊物做理论编辑，后又调到作家协会从事关于小说理论和评论的编辑工作，阴差阳错，也写了大量的至今却不无悔意的关于小说的评论以及理论文章。其间也写过一些中短篇小说，但一直没有把写小说当成主业，准确地说，写小说的意志并没有真正进入自己的意识之中。

2002年，由于自我生命的触动，开始写这个《午后》。写的时候，想尽力忘掉脑子里已有的关于小说的种种概念。那个时候，我的脑子里已经装了太多关于小说的概念以及其他种种小说的套路和模式。我想依着我的生命触动和我对小说以及文学的理解写这个《午后》。

写了十多万字，未完成，并且放下，一放十多年。一是对有些东西还未想清楚，二是觉得当时写的文字好像也不成样子。后来再写的时候，我从生命的"午后"已经进入生命的"黄昏"，对生命和人生似乎有了更多一些的感受和理解，写和改的时候，自然融入了后来的经验和体验、理解和认识。

小说内容有题材之分，可能也有不同人群之别，对我来说，并不是什么样的题材和人我都有兴趣，都能写。少年时想写农业学大寨那样的农村题材和故事，后来自己也觉得好笑。我比较熟悉知识分子这个人群。《午后》写的，是我比较熟悉的几个不同性格的知识分子，在生命的"午后"——中年，他们的生活和故事。"午后"的人经历已经比较丰富，思想也相对比较"成熟"，世界观、人生观、价值观相对比较确定，人生则处在一个瞻前顾后的阶段，故事也就比较丰富（从多的意义上说）和复杂（从矛盾的意义上说）。人和人最大的不同，可能不是外在的职业、地位之类，而是观念的不同、精神世界的不同。《午后》的背景是二十一世纪初，地点放在了长安城，小说中的几个知识分子或准知识分子，他们虽是朋友或熟人，但观念和精神世界差异很大，有的带有较多传统文人特点又有现代知识分子品格，对生活、对人生怀抱理想主义；有的对生活的态度是现实主义；有的则没有精神的故乡，是精神上也是生活中的浪荡鬼；有的则是没有底线的享乐主义者。这些人的生活故事和精神状况，也许能从一个侧面展现一个时期的时代风气和文化人的精神状态。

知识分子这个群体，一般来说，比较缺少像其他群体那种大起大落的人生故事，但他们的内心生活比较丰富，精神世界相对比较开阔。在"午后"这个生命阶段，来时路一片斑驳，去时路一片苍茫，较之少年与青年时期，因为已经有了比较多的人生经验和体验，包括挫折和失败，这个时候，对于人生目标的寻找与选择，关于生命价值与意义的理解与确认，包括如何对待爱情和两性关系，可能就更能显出人性的本真、心灵的自由度，更能表现人的精神世界以及生活的丰富性与复杂性。

"午后"的爱情以及两性关系，较之青年时期，似乎也更丰富和耐人寻味。小说主人公单身多年，忽然间"遇"到心动的年轻女孩，而青年时的梦中所想也突然现身，还有偶然的"邂逅"以及念念不忘的"知音"，似乎可能出现的都出现了。知识分子对待爱情的态度，两性之间那种微妙的心理与关系，也是小说想表现的。

小说写出来，应该由读者评说，作者最好不说，也说不好。编辑盛情约写，拉杂写来，权作后记吧。

邢小利

2021年3月26日

图书在版编目（CIP）数据

午后/邢小利著. -- 上海：上海文艺出版社,2021
ISBN 978-7-5321-7929-9
Ⅰ.①午… Ⅱ.①邢… Ⅲ.①长篇小说－中国－当代
Ⅳ.①I247.5
中国版本图书馆CIP数据核字(2021)第056749号

发 行 人：毕　胜
责任编辑：李　霞
封面设计：丁旭东

书　　名：午　后
作　　者：邢小利
出　　版：上海世纪出版集团　上海文艺出版社
地　　址：上海市绍兴路7号　200020
发　　行：上海文艺出版社发行中心
　　　　　上海市绍兴路50号　200020　www.ewen.co
印　　刷：常熟市华顺印刷有限公司
开　　本：889×1194　1/32
印　　张：9.75
插　　页：3
字　　数：165,000
印　　次：2021年7月第1版　2021年7月第1次印刷
Ｉ Ｓ Ｂ Ｎ：978-7-5321-7929-9/I·6288
定　　价：49.00元

告 读 者：如发现本书有质量问题请与印刷厂质量科联系　T:0512-52605406